D081147J1

Divorcio apasionado
Kathie DeNosky

WITHDRAWN

HARLEQUIN™

Editado por Harlequin Ibérica.
Una división de HarperCollins Ibérica, S.A.
Núñez de Balboa, 56
28001 Madrid

© 2016 Kathie Denosky
© 2017 Harlequin Ibérica, una división de HarperCollins Ibérica, S.A.
Divorcio apasionado, n.º 2102 - 6.7.17
Título original: The Rancher's One-Week Wife
Publicada originalmente por Harlequin Enterprises, Ltd.

I.S.B.N.: 978-84-687-9795-3
Depósito legal: M-13046-2017
Impresión en CPI (Barcelona)
Fecha impresion para Argentina: 2.1.18
Distribuidor exclusivo para España: LOGISTA
Distribuidores para México: CODIPLYRSA y Despacho Flores
Distribuidores para Argentina: Interior, DGP, S.A. Alvarado 2118.
Cap. Fed./Buenos Aires y Gran Buenos Aires, VACCARO HNOS.

Capítulo Uno

Blake Hartwell sacudió horrorizado la cabeza cuando escuchó cómo los bajos del deportivo rojo golpeaban contra el suelo al tomar el primero de la larga sucesión de baches que jalonaban el sendero de tierra que conducía a la casa del capataz. Estaba cepillando un caballo que había atado a un lado del corral y decidió en ese mismo instante que, fuera quien fuera quien estuviera conduciendo aquel deportivo, tenía que ser forastero. Los nacidos en las zonas rurales de Wyoming tenían el suficiente sentido común como para no conducir un coche tan bajo por los caminos de tierra de la montaña. Lo único que se podía conseguir así era hacerle un agujero al depósito del aceite o al tubo de escape del coche.

–Sea quien sea, espero que esté dispuesto a marcharse andando si tiene una avería, porque yo no pienso llevar en mi coche a un ignorante así –musitó Blake mientras observaba cómo el sol de la tarde iba desapareciendo por el oeste.

El coche se detuvo por fin junto a la casa del capataz, justo al lado de la furgoneta de Blake. Cuando se abrió la puerta y Blake vio que salía de su interior una rubia de largas piernas, sintió que el corazón se le detenía en el pecho y que le resultaba imposible respirar.

Blake agarró el cepillo que había estado utilizando para cepillar a Boomer con tanta fuerza que, si hubiera dejado sus huellas en la madera, no se habría sorprendido en absoluto. Al ver cómo la rubia se dirigía hacia él tan rápido como se lo permitían los tacones de aguja que llevaba puestos, tragó saliva.

Esbelta y elegante con un ceñido vestido negro, el delicado cuerpo de la mujer se movía como el de una pantera negra al acecho. La parte inferior del cuerpo de Blake se tensó, aunque no supo si la razón era verla en aquel instante o recordar cómo aquellas largas piernas le habían rodeado la cintura cuando hacían el amor.

–¡Qué diablos! –musitó Blake en voz muy baja–. ¿Qué es lo que quiere ahora?

Boomer golpeó el suelo con una de las patas delanteras y miró hacia atrás, como si quisiera preguntar a Blake si conocía a aquella mujer.

Blake respiró por fin y prosiguió cepillando al caballo. Claro que la conocía. La conocía muy bien. Había conocido a Karly Ewing en Las Vegas en el mes de diciembre. Ella estaba de vacaciones y Blake había ido a la ciudad para competir en las finales de rodeo. Se habían tropezado por casualidad en el vestíbulo del Caesar´s Palace y él estuvo a punto de no poder impedir que cayera al suelo. Para disculparse por lo ocurrido, la convenció para que le permitiera invitarla a una copa. Habían terminado charlando durante horas. La química entre ellos fue explosiva. Se convirtieron en amantes tan solo horas después. A finales de semana eran ya marido y mujer y, una semana más tarde, habían pedido el divorcio.

Ella se detuvo a poca distancia del caballo. Parecía algo insegura, como si no supiera cómo la iba a recibir Blake.

–Ho-hola, Blake.

La voz fluía entre sus labios igual que la seda, y eso le recordó a Blake cómo había soñado con ella murmurando su nombre mientras él le daba placer. Blake apretó los dientes y siguió cepillando a Boomer.

No iba a permitir que ella volviera a hacerle daño una vez más. Había tardado meses, después de aquella maldita llamada el día de Nochevieja, cuando ella le dijo que quería divorciarse, en volver a dormir bien. Para Blake, ya habían hablado de todo lo que tenían que hablar.

–¿Qué te trae al rancho Wolf Creek, Karly? Hace ocho meses ni siquiera estuviste dispuesta a venir a verlo –añadió sin darle tiempo a ella para responder–. De hecho, dijiste que no tenías interés alguno por saber nada de este lugar perdido de la mano de Dios.

Mientras Blake viviera, jamás olvidaría lo mucho que le había dolido aquel comentario de odio hacia la tierra que él tanto amaba. El rancho llevaba en su familia ciento cincuenta años, y él se había pasado la mayor parte de su vida de adulto tratando de recuperarlo de las manos de la cazafortunas de su madrastra después de la muerte de su padre. Finalmente, consiguió su objetivo hacía casi dos años. Cuando Karly se convirtió en su esposa, había estado deseando enseñárselo. Sin embargo, ella no se había dignado a visitarlo y se había negado a vivir allí con él.

Se volvió para observarla y tuvo que hacer un gran esfuerzo para ignorar el efecto que Karly ejercía en él cuando lo miraba con aquellos increíbles ojos azules.

–¿A qué viene este repentino interés por un lugar del que no tenías deseo alguno de saber nada?

Karly se sonrojó. Parecía estar un poco avergonzada.

–Yo… Bueno, siento haberte causado la impresión equivocada, Blake. No es que no creyera que el rancho era muy hermoso… –dijo ella mirando a su alrededor.

Blake dejó de cepillar el caballo y se apoyó en el noble animal para mirarla con expectación.

–Entonces, ¿qué creíste?

Mientras la miraba fijamente esperando una respuesta, una ligera brisa le agitó el largo cabello a Karly, dorado como la miel. Recordó lo sedosos que eran aquellos mechones, cuando los acariciaba entre los dedos mientras la besaba. El cuerpo se le tensó de excitación, por lo que se alegró de que el caballo se interpusiera entre ellos. Al menos, Karly no podría comprobar cómo aún ardía por ella.

–Yo siempre he vivido en la ciudad y… No importa.

–¿Qué estás haciendo aquí, Karly? –le preguntó Blake. Estar a su lado le resultaba un infierno, por lo que cuanto antes regresara ella a Seattle, antes podría centrarse él en olvidarla.

Cuando Karly respiró profundamente, Blake trató de no fijarse en sus perfectos senos.

–Tenemos que hablar, Blake.

–No sé de qué crees que tenemos que hablar ahora –replicó él sacudiendo la cabeza–. Creo que prácticamente nos dijimos todo lo que había que decir hace ocho meses. Yo quería que nuestro matrimonio funcionara. Tú no. Fin de la historia.

–Por favor, Blake –susurró ella. Cuando Boomer resopló con fuerza y se volvió para mirarla, Karly lo miró con aprensión antes de continuar–. No estaría aquí si no fuera importante. ¿Podríamos ir a algún sitio en el que pudiéramos hablar? Te prometo que no te robaré mucho tiempo.

Blake suspiró. Resultaba evidente que ella no se iba a marchar hasta que hubieran hablado. En realidad, él también tenía que hablar con ella. Aún no había recibido una copia de los papeles del divorcio y quería tenerlos.

–La puerta está abierta –le dijo por fin mientras le indicaba la casa del capataz–. Estás en tu casa. Yo iré en cuanto haya metido a Boomer en su establo.

Karly abrió la boca como si quisiera decir algo más, pero se limitó a asentir antes de darse la vuelta y dirigirse lentamente hacia la casa sobre sus altos tacones de aguja. Blake observó el suave contoneo de sus caderas mientras andaba sobre la tierra con aquellos ridículos zapatos y comenzó a alternar su peso en un pie y en otro para aliviar la presión que los vaqueros le ejercían en la entrepierna. Se había pasado los últimos ocho meses tratando de olvidar el tacto de las suaves curvas de Karly y de sus besos, que eran lo más dulces del mundo. Verla allí, en su casa, donde quería haberla visto desde un principio, le evocaba recuerdos que creía haber dejado atrás.

Sacudió la cabeza y desató al caballo de la valla. No tenía ni idea de qué quería ella hablar. Sin embargo, estaba seguro de que, para haberla hecho viajar desde Seattle hasta Wyoming, tenía que ser bastante importante.

Metió a Boomer en el establo. Tenía que finalizar aquel asunto lo antes posible. Después, Karly se marcharía de su lado para siempre y él se iría con su hermano Sean al bar Silver Dollar, en la pequeña localidad de Antelope Junction. Le pediría a Sean que condujera el coche para que él pudiera olvidarse para siempre de la menuda rubia que había puesto su mundo patas arriba desde el momento en el que la vio.

Karly abrió la puerta trasera de la casa de Blake y entró en la cocina. Le temblaban las piernas. Había necesitado todo el valor del que disponía para volver a enfrentarse a él. A pesar de que había pensado que había dejado atrás su breve relación y que había seguido con su vida, el efecto que Blake ejercía sobre ella resultaba tan arrollador como lo había sido ocho meses atrás, cuando ella había accedido a convertirse en su esposa.

Blake era tan guapo, tan masculino y tan sexy como recordaba. Anchos hombros, estrechas caderas y largas y fuertes piernas. Tenía un físico que volvía locas a las mujeres. Al contrario que muchos hombres, que debían pasarse interminables horas en el gimnasio, Blake había conseguido aquellos músculos de acero a lo largo de los años que llevaba trabajando en el rancho y compitiendo en rodeos. Era un hombre de verdad, la fantasía hecha realidad de todas las mujeres.

Karly ni siquiera se había imaginado que también era la suya hasta que se chocaron en Las Vegas y él evitó que cayera al suelo. Le había bastado una mirada al vaquero que la sostenía contra su amplio torso para deshacerse a sus pies.

Un delicioso escalofrío le recorrió la espalda cuando recordó lo que había sentido al estar entre sus fuertes brazos, al saborear la pasión de sus besos y experimentar el poder de su deseo cuando hacían el amor. La respiración se le entrecortó y los latidos del corazón se le aceleraron. Trató de no prestar atención a la reacción de su cuerpo.

Lo más duro que había hecho en toda su vida había sido la llamada de teléfono que realizó para decirle a Blake que lo mejor para ambos era dar por finalizado su matrimonio. Había pensado en lo poco que se conocían y no se le ocurría ni una sola cosa que los dos tuvieran en común, aparte de no poder dejar de tocarse. Se le hizo un nudo en la garganta y tuvo que tragar saliva al sentir la emoción que amenazaba con apoderarse de ella.

–Vamos –se dijo–. No ha cambiado nada. Él vive aquí y tú vives en Seattle. No habría salido bien.

Para distraerse, miró a su alrededor. Aunque todos los electrodomésticos eran muy modernos, el resto de la cocina parecía ser tan ruda y masculina como el hombre que vivía allí.

En el centro había una isla con encimera de madera y una amplia variedad de cacerolas y cazos de cobre colgados de una barra de hierro. Los armarios eran de roble, con tiradores negros. Sobre la amplia mesa, había una rueda de carro adaptada como lámpara y, más allá, a través de las ventanas, se divisaba una vista panorámica de las montañas Laramie, que rodeaban el rancho.

–Muy bonito –murmuró ella. El paisaje resultaba tan rudo y fascinante como el hombre al que ella había ido a ver.

Se dirigió al salón. No le sorprendió ver una chimenea de piedra rodeada de muebles de cuero y madera rústica. La sala resultaba acogedora y Karly se sintió como si aquel fuera su hogar, lo que era un pensamiento absolutamente ridículo. Su hogar estaba en Seattle, en su moderno apartamento con vistas a la ciudad. No podía imaginarse cómo hubiera sido vivir en el rancho con Blake. Si este pensamiento no bastaba para convencerla de que había tomado la decisión correcta, no sabía qué otro podía ser.

Sin embargo, al mirar a su alrededor, tenía que admitir que el hogar de Blake le producía una sensación cálida y acogedora que su casa no había poseído jamás. De repente, se vio invadida por una profunda soledad, que hizo todo lo posible por aplacar.

Adoraba su vida en Seattle, tenía un magnífico trabajo en una empresa dedicada a la exportación y a la importación y, aunque no tenía mucha vida social, salía de vez en cuando con sus compañeras de trabajo después de la jornada laboral. Desgraciadamente, casi no recordaba la última vez que esto había ocurrido. En realidad, ya no tenía mucho en común con ellas. Todas estaban casadas o con una relación estable y les interesaba más marcharse a casa con sus parejas que salir con ella.

Resultaba extraño que no se hubiera fijado en eso antes de conocer a Blake. Cuando se percató, podría haberse pensado dos veces lo de terminar con él, pero, al final, no fue así. Karly se resignó a ser la única de su empresa a la que no esperaba nadie en casa.

Cuanto más lo pensaba, más sola se sentía. Sacudió la cabeza para deshacerse de aquellos pensamientos y regresó a la cocina para esperar a Blake. Se encontró con su fuerte torso. Se tambaleó y se habría caído si él no le hubiera agarrado los brazos para impedirlo.

–Lo siento. No quería…

La voz se le quebró cuando sus ojos se encontraron con los hermosos ojos castaños de Blake. Durante un instante, le pareció ver al hombre cálido y compasivo del que había creído estar enamorada. Sin embargo, aquella sensación desapareció rápidamente cuando Blake habló.

–Es mejor que tengas cuidado –dijo él con voz profunda–. Un día de estos, esos ridículos zapatos van a hacer que te rompas un tobillo. Vayamos al despacho para hablar de esto que tú consideras tan importante.

Blake le cedió el paso y dejó que ella entrara primero en el despacho, cuya puerta salía del salón. Karly se acomodó en una butaca que había frente al escritorio y se obligó a permanecer tranquila.

–¿Qué es lo que te ha traído hasta Wyoming, Karly? –le preguntó Blake. Se quitó el sombrero y lo colgó de un perchero que había junto a la puerta–. Estoy seguro de que no se trata de un viaje de placer.

Blake no iba a hacer que aquella reunión resultara fácil, aunque Karly tampoco lo había esperado. Cuando decidieron disolver su matrimonio hacía ocho meses, los dos dijeron cosas terribles a causa de la frustración y el dolor, cosas de las que los dos se arrepentían.

–Por favor, Blake. ¿No podemos al menos…?

–¿Qué esperas de mí, Karly? –le interrumpió él mientras se sentaba en su sillón, al otro lado del escritorio–. No he tenido noticias tuyas desde antes de primeros de año. Después de que pasáramos las Navidades en Las Vegas, regresé a mi casa esperando que mi esposa se reuniría conmigo para la Nochevieja. En vez de eso, recibí una llamada en la que me dijiste que

11

habías cambiado de opinión y que, si quería seguir casado contigo, debía dejar mi vida aquí para mudarme a Seattle porque tú habías decidido que no podías vivir en un lugar perdido de la mano de Dios.

—Eso no es exactamente lo que te dije –replicó ella a la defensiva.

—Casi –afirmó él.

—Tú te mostraste igual de inflexible sobre lo de vivir en la ciudad –le recordó ella.

Karly se sintió un poco culpable. Blake no había resultado tan insultante a la hora de manifestar lo que pensaba de la ciudad como ella lo había sido al dejar clara su idea del rancho. Sin embargo, hablar de lo que se habían dicho en aquella ocasión no era el objeto de aquella visita. Los dos siguieron mirándose durante lo que pareció una eternidad hasta que Karly suspiró y sacudió la cabeza.

—No he venido aquí a discutir contigo, Blake.

—Entonces, ¿por qué estás aquí? Pensé que se había quedado resuelto todo cuando firmé los papeles sin rechistar –dijo él frunciendo el ceño–. Por cierto, me gustaría tener una copia. Me dijiste que tu abogado me los enviaría, pero, como todo lo que me prometiste, se quedó en nada.

Karly se miró las manos. Suponía que Blake tenía razón. Ella le había hecho varias promesas que no había logrado mantener. Las había hecho de corazón pero, cuando regresó a su casa para recoger sus cosas y cerrar el apartamento, pareció recuperar la cordura. El temor al fracaso le hizo cuestionarse todo lo que había ocurrido en Las Vegas.

—Cuando devolví los documentos al señor Campanella después de que tú los firmaras, él me sugirió que presentara la demanda de divorcio yo misma en Lincoln County, al este del estado —contestó ella por fin.

Blake frunció el ceño.

—¿Por qué?

—Las agendas de los tribunales de Seattle están repletas de otros asuntos de familia y se puede tardar hasta un año o más en conseguir una cita —le explicó ella—. Lo único que tuve que hacer fue enviar los documentos firmados al juzgado de Lincoln County y, después de noventa días, el divorcio sería definitivo.

—¿Enviarlos por correo? Pensaba que un abogado y al menos uno de los solicitantes tenían que presentarse ante un juez para pedir un divorcio. Así es como se hace aquí. ¿Es diferente en el estado de Washington?

Karly se frotó las sienes y trató de concentrarse. Eso era lo que había ido a decirle. Precisamente donde todo se complicaba.

—Si se hubiera presentado la petición en Seattle, el señor Campanella habría tenido que estar, pero Lincoln es uno de los únicos dos condados en los que los residentes del estado de Washington presentan los divorcios de mutuo acuerdo enviando los documentos por correo. Ninguno de los solicitantes debe estar presente ni tampoco es necesaria una representación legal. Es muy sencillo —añadió al ver el gesto de escepticismo de Blake—. El juez examina la documentación, firma el divorcio y devuelve los papeles.

—Pues no me parece muy propio de un abogado tratar un caso así —replico Blake—. La mayoría de los que conozco no pierden la oportunidad de ganar un dinero fácil.

–El señor Campanella es el abuelo de una de mis compañeras de trabajo –explicó Karly. Le había agradecido mucho la ayuda a su amiga. Cuando regresó de Las Vegas y se dio cuenta de lo que había hecho, había sentido mucha urgencia por subsanar su error–. Jo Ellen le pidió que me ayudara y él accedió. Me sugirió que utilizara los juzgados de Lincoln County dado que el nuestro era un divorcio de mutuo acuerdo y muy sencillo. Me dijo que me ahorraría tiempo y dinero. Yo estuve de acuerdo y seguí sus instrucciones.

Blake asintió.

–Supongo que tiene sentido si una mujer tiene prisa por librarse de un marido no deseado.

Las palabras de Blake eran muy amargas y cortaron a Karly como un cuchillo. Ella tuvo que tragar saliva para aliviar el nudo que se le había formado en la garganta. Blake no tenía ni idea de lo duro que le había resultado tomar la decisión de no seguir lo que le dictaba su corazón y mudarse al rancho con él. Había sido testigo de la infelicidad y del resentimiento creados cuando su madre siguió también los dictados de su corazón y eso terminó con el matrimonio de sus padres. Karly había pensado que era mejor terminar antes de llegar a tal extremo entre Blake y ella. Desgraciadamente, ya no tenía ningún sentido pensar en los errores y los sufrimientos del pasado.

–Yo nunca dije que tuviera prisa por librarme de ti.

Blake la miró durante un instante antes de encogerse de hombros.

–Eso es discutible, pero no es el tema ahora. Necesito una copia notarial del acta de divorcio.

Karly se mordió el labio inferior y miró a Blake a

los ojos. Había llegado el momento de contarle la razón de su visita y disculparse por todo.

—En realidad, ni siquiera yo tengo una copia.

—¿No te han enviado una a ti? —preguntó él muy extrañado.

—No, pero estoy segura de que me la enviarán —respondió ella con evasivas. Tenía que explicarle lo que había ocurrido antes de decirle la razón por la que había viajado hasta Wyoming—. La empresa de importación para la que trabajo me envió a Hong Kong durante varios meses justo antes de que terminara el periodo de noventa días y no pude estar pendiente de ello desde allí —dijo. Se sentía muy molesta al pensar lo mal que había gestionado un asunto tan importante para ambos como el divorcio. Sin embargo, no comprendía la razón por la que se sentía tan mal sobre una decisión lógica y sensata que solo debería haberles procurado alivio a los dos—. Cuando regresé la semana pasada, llamé para preguntar por las copias.

Blake debió presentir que había mucho más, porque frunció el ceño muy enfadado.

—¿Y qué te dijeron?

Karly sacudió la cabeza y respiró profundamente para tomar fuerzas y poder seguir explicando lo ocurrido.

—Llamé al juzgado de Lincoln County para ver si me lo podían mandar…

—Sí, eso ya me lo has dicho. Llamaste por los papeles. ¿Y?

Karly cerró brevemente los ojos y trató de reunir el valor necesario para lo que necesitaba decir. Al abrirlos, se encontró con la mirada penetrante de Blake. Trató de mantener la voz firme.

–Aparentemente, los papeles se perdieron en el correo porque el secretario del juzgado no los ha recibido. Es decir, no hay registro alguno de que hayamos solicitado el divorcio. Parece que seguimos siendo marido y mujer, Blake.

–Seguimos casados –repitió él como si le costara comprender lo que ella le había dicho.

–Sí –dijo ella rápidamente mientras se metía la mano en el bolso y sacaba un sobre. La mano le temblaba ligeramente mientras lo colocaba encima del escritorio–. Siento mucho las molestias. Cuando firmes esos papeles, voy a volar a Spokane y luego iré en coche al juzgado de Lincoln County para entregárselos yo misma al secretario.

–Entonces, todo este tiempo he estado pensando que era un hombre libre y no lo era… –dijo él reclinándose contra la butaca.

–¿Has conocido a alguien? –le preguntó ella sin poder contenerse.

Blake frunció el ceño y la miró fijamente.

–¿Importaría si hubiera sido así, Karly?

«¡Sí!».

–No –mintió–. Yo… temía que esto pudiera haber dado al traste con los planes que pudieras haber hecho con otra persona.

Blake siguió mirándola durante unos instantes antes de sonreír. Entonces, negó con la cabeza y abrió el sobre para sacar los documentos. A continuación, tomó un bolígrafo y firmó donde ella le había indicado con papeles de colores.

–Bueno, pues te tendrás que aguantar conmigo al menos durante noventa días más –dijo él mientras volvía a meter los papeles en el sobre y lo deslizaba por la mesa hacia ella.

Karly hizo un gesto de dolor ante aquel comentario. Sabía que Blake estaba muy desilusionado y triste con la situación.

–Yo… lo siento mucho, Blake. No era mi intención que ocurriera esto.

–Sí, bueno –repuso él con resignación–. Cuando entregues esto en el juzgado, asegúrate de que me envías copias de todo.

–Por supuesto –dijo ella mientras volvía a meter el sobre en el bolso. Entonces, dudó un instante mientras trataba de encontrar la manera de decir adiós y se puso de pie–. Me pondré en contacto contigo si hay algo más que tengamos que hacer.

–¿Has venido conduciendo desde Seattle o has alquilado ese coche? –le preguntó él mientras se ponía de pie.

–Lo alquilé en el aeropuerto de Cheyenne –respondió preguntándose por qué querría saberlo.

–Miraré los bajos antes de que te marches para asegurarme de que no has dañado nada –comentó. Agarró el sombrero del perchero antes de que los dos abandonaran el despacho–. Te has tragado unos cuantos baches por el camino. Conduce más despacio en el camino de vuelta. Así habrá menos posibilidades de que dañes el coche.

–¿Quién es el responsable del mantenimiento de las carreteras por aquí? –quiso saber ella–. Están un estado deplorable.

–El condado es responsable de las carreteras que conducen hasta los linderos de los ranchos, pero los

17

rancheros deben mantener en buen estado los caminos del interior de sus propiedades –explicó él–. Nosotros acondicionamos la carretera después de que se deshiciera la nevada en primavera, pero cuando llegaron las lluvias, dejaron muchos baches en algunas zonas. Estábamos esperando hasta que se secara para volver a trabajar en los caminos. Cuando tengamos tiempo.

–Creo que se puede decir que están bastante secas –dijo ella mientras salían de la casa. No entendía nada de carreteras ni de los cuidados de un rancho, pero sí que había notado que el deportivo rojo estaba cubierto de polvo.

Blake soltó una carcajada que a Karly le hizo recordar al hombre despreocupado que había conocido hacía ocho meses. El hombre que había sido antes de que ella le dijera que no podía seguir siendo su esposa.

–Ya no estará mucho tiempo así –afirmó él–. El nuevo dueño va a asfaltar todos los caminos hasta llegar a la comarcal.

–¿Y por qué no lo hizo el anterior? –preguntó ella mientras los dos se dirigían al coche.

–Después de que su esposo muriera, la dueña no tenía más interés que vender el rancho a un promotor inmobiliario. Cuando lo intentó durante un par de años y no pudo encontrar comprador, se lo terminó vendiendo a uno de los hijos que su esposo tenía de un matrimonio anterior –respondió él. Su voz sonaba muy enfadada mientras se arrodillaba para mirar los bajos del coche.

Ella se preguntó brevemente por qué parecía tan disgustado por la disputa entre los herederos del antiguo dueño, pero abandonó las especulaciones cuando su teléfono móvil comenzó a sonar. Lo sacó del bolso y miró a ver quién le había enviado un mensaje. El alma se le cayó a los pies cuando leyó el mensaje. Se trataba de la aerolínea, que le informaba de que, debido a una huelga en el aeropuerto de Dénver, se habían cancelado todos los vuelos. Dado que la única línea comercial que volaba desde Cheyenne era de Dénver, Karly no iba a poder moverse de allí hasta que la huelga no se solucionara.

–Genial –dijo con sarcasmo. ¿Qué iba a hacer?

Llevaba poco equipaje porque no había esperado estar fuera de casa más de un par de noches.

–Parece que todo está intacto –dijo Blake sin saber el dilema en el que ella se encontraba. Se irguió y se sacudió el polvo de las manos–. ¿A qué hora sale tu vuelo?

–No va a salir –replicó ella disgustada mientras empezaba a mirar en el teléfono para ver qué alojamiento podía encontrar en la ciudad más cercana–. Se han cancelado todos los vuelos de Dénver debido a una huelga de los trabajadores del aeropuerto.

Blake permaneció en silencio durante unos instantes. Cuando Karly levantó la mirada, vio que él la estaba observando.

–Parece que, después de todo, vas a pasar algún tiempo en el rancho Wolf Creek –dijo él cruzándose de brazos.

–No. Conseguiré una habitación en la ciudad –replicó ella con determinación. Le había resultado muy duro volver a verlo de nuevo, con lo que no se podía ni siquiera plantear pasar la noche en la misma casa que él sabiendo que estaba tan cerca y no poder tocarle ni hacer que él la tomara entre sus brazos.

Blake señaló las montañas.

—Esta noche no. Mi conciencia no me permite que te deje marchar ahora que está oscureciendo. Sería un milagro que no te perdieras o te despeñaras en una curva.

—¿Que tu conciencia no te permite dejarme marchar ahora que está oscureciendo? —repitió ella con indignación—. Que te quede clara una cosa: si yo decido marcharme, no vas a impedírmelo.

Blake cerró los ojos y sacudió la cabeza como si estuviera tratando de reunir paciencia. Cuando los abrió de nuevo, la miró directamente.

—Sé que no estaremos casados durante mucho tiempo, pero en estos momentos, sigo siendo tu esposo. Me tomo muy en serio mis promesas. Es mi deber que estés a salvo hasta que un juez diga lo contrario. Me sentiría mucho mejor si, al menos, esperaras para marcharte hasta mañana por la mañana. Es más seguro.

A Karly le sorprendió que Blake admitiera, aunque de mala gana, que pensaba que su deber era protegerla. Nadie se había preocupado por su seguridad desde que su madre falleció hacía ya algunos años. Sin embargo, por muy agradable que resultara tener a alguien que se preocupara de su bienestar, tenía que recordar que Blake solo lo hacía porque consideraba que era su obligación. Había firmado los papeles del divorcio. Debía de estar tan dispuesto como ella a deshacer el error.

Suspiró profundamente mientras trataba de decidir qué hacer. Todo lo referente a aquel viaje había salido mal. El vuelo desde Dénver a Cheyenne había sufrido un retraso de más de dos horas debido a una peligrosa tormenta, el trayecto al rancho le había llevado tres veces más de lo esperado por el coche que la empresa de alquiler de vehículos le había proporcionado, y su reunión con Blake no había terminado tan rápidamente como ella había pensado. Con la suerte que estaba teniendo, resultaba más que probable que le ocurriera una de las cosas que él había mencionado.

—Eagle Fork está tan solo a treinta kilómetros de distancia —dijo ella observando cómo el sol se escondía rápidamente detrás de las montañas.

—Con luz solar se tarda más de una hora en llegar allí. ¿Cuánto crees que te llevaría de noche? —le preguntó Blake—. ¿De verdad quieres conducir por carreteras de montaña desconocidas en la oscuridad? Al menos, quédate esta noche.

—Si me lo tomo con calma, no debería haber ningún problema —afirmó ella.

Dormir en la misma casa que Blake, aunque fuera en dormitorios diferentes, no era buena idea. Con su más de metro ochenta de estatura suponía una tentación que, en el pasado, ya le había resultado irresistible. ¿Qué locuras cometería si se quedaba con él?

—¿Y si un ciervo o un alce se te cruzan por la carretera? —insistió él—. He de decirte, cielo, que si atropellas a uno de esos con este coche de juguete, vas a salir perdiendo.

Karly lo miró fijamente mientras sopesaba lo que él le había dicho. Subir por aquellas carreteras de montaña durante el día había sido un desafío, además del largo trayecto por el camino de tierra que llevaba al rancho desde la comarcal y que tenía más agujeros que un queso *emmental*. ¿Y por la noche?

Odiaba admitirlo, pero no tenía muchas opciones. Dado que no conocía a nadie más en Wyoming, tenía que elegir entre arriesgarse a bajar en la oscuridad para ir a encontrar un hotel en Eagle Fork o quedarse allí con Blake.

Mientras observaba cómo las sombras de la tarde comenzaban a oscurecer el paisaje, decidió que se le estaba acabando el tiempo. Prácticamente ya no quedaba luz para regresar a la ciudad antes de que oscureciera por completo.

–Supongo que podría pasar la noche aquí y marcharme mañana a Eagle Fork para buscar una habitación en un hotel mientras dure la huelga –dijo.

–Entonces, decidido –repuso él mientras se dirigía hacia la parte posterior del coche–. Te llevaré el equipaje al interior.

–Solo tengo una bolsa de viaje, dado que tan solo pensaba pasar un máximo de dos noches fuera de casa –repuso ella mientras abría el maletero a distancia con la llave automática del coche para quitarle a Blake la bolsa de las manos–. Yo puedo llevarla dentro.

Él negó con un movimiento de cabeza.

–La abuela Jean me arrancaría la cabeza si se enterara de que te he dejado que lleves tu equipaje sola.

–¿Vive cerca?

Karly nunca había sabido lo que era vivir cerca de un abuelo. Tres de los suyos habían fallecido antes de que ella naciera y su abuela paterna había vivido tan lejos que tan solo la había visto en contadas ocasiones.

–Vive en Eagle Fork –contestó él mientras le colocaba la mano en la cintura para guiarla al interior de la casa–. Cuando estábamos en el colegio, varios de nosotros vivíamos con ella durante el invierno.

–¿Por la nieve? –musitó ella mientras subían la escalera que llevaba a la planta superior.

–Resultaba más fácil estar allí para ir al colegio que tener que faltar y luego recuperar todo el trabajo cuando por fin conseguíamos llegar a clase –afirmó él. Se hizo a un lado para que Karly pudiera entrar en un dormitorio. A continuación, dejó la maleta sobre la cama y señaló la puerta–. Mientras te instalas, voy a ir a la casa grande para ocuparme de unas cuantas cosas que me ha encargado el dueño.

–¿Te refieres a la enorme casa de madera que pasé justo antes de llegar aquí? –le preguntó mientras abría la bolsa para sacar unas zapatillas. Le encantaba llevar tacones, pero después de todo el día los pies le estaban empezando a doler.

–Sí. El dueño la construyó hace un par de años, justo después de que comprara el rancho.

–Es muy bonita –comentó ella mientras se ponía las zapatillas–. Encaja perfectamente con esta zona.

Blake la miró durante un instante antes de darse la vuelta y salir de la habitación.

–Es mejor que me vaya. Estás en tu casa. No tardaré mucho.

Karly le oyó bajar la escalera. Se acababa de dar cuenta de lo poco que sabía sobre el hombre con el que se había casado. En Las Vegas, Blake le había robado el corazón y la había embarcado en un romance de cuento de hadas que terminó en boda. Sin embargo, por muy idílicos que fueron los momentos que pasaron juntos, no habían hablado de sus familias ni de sus trabajos, ni de sus esperanzas o sueños.

–Lo nuestro jamás habría funcionado –murmuró mientras se sentaba en la cama.

Eso ya lo había pensado antes, por lo que Karly no

comprendió por qué aquellas palabras le hacían sentirse tan triste. Aquello era lo que ella había elegido, lo que tenía que ser. No estaba dispuesta a cometer los mismos errores que su madre. No estaba dispuesta a renunciar a su hogar, su trabajo y su estilo de vida por un hombre para luego arrepentirse.

Por muy hermoso que fuera todo aquello o lo amada y protegida que Blake le hiciera sentirse cuando la estrechaba entre sus brazos, no podía vivir en aquel rancho igual que él no podría vivir en Seattle. Cuando antes aceptara la verdad, mejor sería.

Capítulo Dos

Blake miró la mochila, que contenía una tartera térmica con comida y una jarra de té helado, mientras se alejaba de la casa grande. Su casa.

Nunca le había mentido a Karly. No lo había hecho ocho meses atrás y no lo estaba haciendo en aquellos momentos, pero tampoco había sido del todo sincero con ella.

Cuando se conocieron en Las Vegas, él le había dicho que, aparte de competir en rodeos, era el jefe del rancho Wolf Creek en Wyoming. Karly había dado por sentado que era el capataz y él no se había molestado en corregir su error. En primer lugar, porque se deseaban tanto el uno al otro que no habían hablado mucho de sus trabajos ni de ninguna otra cosa en realidad. En segundo lugar, a él no le gustaba ir presumiendo de ser el dueño de Wolf Creek ni de ser multimillonario.

Había conocido de primera mano cómo el dinero podía influir en las personas y él intentaba evitar tanta superficialidad a todo coste. No quería que el dinero afectara sus relaciones y había tenido mucho cuidado con lo que compartía con la mujer con la que se había casado tan rápidamente. En el pasado, tanto él como su padre habían conocido el lado más feo de las mujeres que solo buscan cazar a hombres con dinero. Para Blake, una vez había sido más que suficiente para conseguir que se anduviera con cautela.

Estaba seguro de que Karly no conocía el tamaño de su fortuna. Ella se había enamorado de él sin la influencia del dinero. Blake se había imaginado que sería una sorpresa muy agradable para ella enterarse de que jamás tendrían preocupaciones económicas cuando estuvieran ya por fin instalados en el rancho. Desgraciadamente, no había tenido oportunidad de decirle la verdad porque ella había decidido que vivir en una gran ciudad sin él era mejor que vivir en el rancho con él. Karly había tomado esa decisión también sin la influencia de su dinero.

Tras ver todo lo que había ocurrido entre ellos, Blake deseó habérselo dicho todo justo después de que se casaran en Las Vegas. No quería que ella pensara que había estado tratando de ocultarle su fortuna por el divorcio que estaba aún pendiente entre ellos. No se trataba de eso. Tenía intención de decirle la verdad y de proporcionarle una buena compensación por el breve tiempo que habían estado casados. Simplemente, tenía que encontrar el momento adecuado para hacerlo.

Podría habérselo dicho cuando ella le llamó desde Seattle para decirle que había pensado que los dos habían cometido un error y que dar por concluido su matrimonio sería lo mejor. Sin embargo, se había echado atrás por si Karly pensaba que era un desesperado intento por su parte por conseguir que ella reconsiderara su postura. Blake jamás le pediría una segunda oportunidad. Aunque su orgullo se lo hubiera permitido, probablemente no habría servido de nada. Karly había tomado una decisión y nada de lo que él pudiera haberle dicho podría haberle hecho cambiar de opinión.

Por lo tanto, él había seguido guardando su secreto

tras firmar los papeles. También podría haberle dicho la verdad aquel mismo día, cuando Karly había dado por sentado que la casa del capataz era su hogar y que la casa grande pertenecía a otra persona. Sin embargo, había guardado silencio sin saber por qué.

Lo único que sabía era que su ego se había llevado un buen varapalo hacía ocho meses, cuando se había enterado que no era el hombre adecuado para la mujer de sus sueños. Si era sincero consigo mismo, probablemente había habido un cierto componente de miedo. No había querido decirle que era rico por si terminaba dándose cuenta de que se había equivocado con ella y descubría que la tentación del dinero podía hacerle cambiar de opinión.

Mientras se dirigía hacia la casa del capataz, se frotó la nuca. No podía entender cómo algo que parecía tan perfecto había podido ir tan mal. Cuando se casó con Karly después de conocerla tan solo desde hacía una semana, la decisión le había parecido tan natural como respirar. Su precipitada boda parecía ofrecer continuidad a la tradición de los Hartwell. Sus abuelos se habían casado tres días después de conocerse y sus padres lo habían hecho dos semanas después de la primera cita. Las dos parejas habían disfrutado de su vida en común hasta que la muerte los separó. Blake había estado convencido de que así ocurriría también con Karly y él.

Evidentemente, se había equivocado.

Aparcó la furgoneta junto al pequeño deportivo y respiró profundamente antes de agarrar la mochila con sus cosas y la que llevaba la comida y bebida que había hecho que el cocinero les preparara. Ya no servía de nada pensar en el pasado. Además, él jamás había sido la clase de hombre que vivía pendiente de sus errores.

Cuando se dirigía a la puerta, Karly la abrió y salió al porche. Al verla, Blake sintió que la respiración se le cortaba. Sintió la misma atracción que la primera vez que la vio en Las Vegas. Se obligó a ignorar lo que sentía. Tal vez ella fuera la mujer más excitante que hubiera conocido nunca, pero su rechazo le escocía y el desdén que ella mostraba por su estilo de vida le decía sin lugar a dudas lo poco importante que era para ella. Karly se había alejado de él ya en una ocasión. Blake no le daría otra oportunidad para que volviera a hacerlo.

Distraído por aquellos pensamientos tan turbulentos, tardó un instante en darse cuenta de que ella tenía el ceño fruncido.

—¿Ocurre algo? —le preguntó Blake mientras subía los escalones.

—¿Dónde tienes la comida? —replicó ella con otra pregunta mientras los dos entraban en la casa—. Iba a preparar algo para cenar, pero el frigorífico y la alacena están vacíos. Si vives aquí, ¿por qué no tienes nada de comer en la cocina?

—Normalmente como en el barracón con los solteros o en la casa grande —dijo sin mentir mientras colocaba la mochila sobre la isla y se quitaba el sombrero.

Ella pareció dudar de su palabra.

—¿Incluso en invierno cuando estás aislado aquí por la nieve?

Blake se echó a reír.

—Cielo, aquí no nos quedamos aislados por la nieve. El trabajo de un rancho es de veinticuatro horas, siete días a la semana. Nunca se acaba porque el ganado depende de nuestros cuidados. Si llueve, nos mojamos. Si nieva, nos abrimos paso por mucha nieve que haya caído o por mucho frío que haga.

—No lo había pensado… Tengo que admitir que no sé nada del trabajo en un rancho.

—No te preocupes por eso. Ni tampoco por la comida. Hice que el cocinero de la casa grande nos preparara la cena. ¿Por qué no pones la mesa mientras yo me voy a lavar?

Blake no mencionó que había tenido que soportar un interrogatorio y un buen sermón antes de que el viejo Silas terminara de preparar la cena. Silas Burrows, que era un vaquero retirado convertido en cocinero cuando la artritis le impidió seguir trabajando, tenía unas ideas muy claras sobre cómo debía Blake conducir su vida, y no le importaba hacérselas saber cuando tenía oportunidad. Que una esposa se presentara inesperadamente, una esposa de la que Silas no había oído hablar, le dio motivo al viejo cocinero para decirle a Blake lo que pensaba de todo aquello. Además, Blake sabía que el viejo aún no había terminado de comunicarle todo lo que tenía que decirle sobre el asunto.

—Tendré la cena en la mesa cuando regreses —le dijo Karly mientras empezaba a sacar la comida y la bebida de la mochila.

Blake la observó durante un instante antes de apretar los dientes y marcharse de la cocina. Karly se había puesto un par de pantalones cortos de color caqui y una enorme camiseta mientras él estaba fuera. Su imagen no debería haberle resultado en absoluto atractiva, pero verla con aquellos pantalones, la camiseta y las chanclas rosas le hacía sentirse tan inquieto como un potrillo.

Asqueado consigo mismo, subió la escalera y se dirigió a la habitación principal. ¿Cómo podía desear a una mujer que lo había rechazado a él, a su modo de vida y a la tierra que tanto amaba?

Dejó su mochila sobre la cómoda y se dirigió al cuarto de baño para asearse. Mientras se echaba agua fría en el rostro, no pudo evitar pensar en la ironía de aquella situación.

Cuando Karly le llamó unos días después de que se separaran en Las Vegas para decirle que había cambiado de opinión sobre lo de ser su esposa, ella ni siquiera se había mostrado dispuesta a ir a Wyoming para ver si podían salvar su breve matrimonio. Sin embargo, nueve meses después, allí estaba, en el lugar en el que nunca había deseado estar, con los papeles necesarios para terminar su unión.

Sin embargo, mientras se secaba el rostro y las manos con una toalla, no pudo evitar pensar que tuvo que ocurrirle algo al regresar a Seattle que provocara aquel cambio de opinión. ¿Qué pudo haber sido? ¿Tal vez un antiguo amor o alguien con el que ella había estado saliendo antes de que se conocieran?

Se había hecho las mismas preguntas cientos de veces y el mismo número de veces se había animado a olvidarse del tema. No podía saber lo que le pasaba a Karly por la cabeza ni había razón alguna para preguntarle cuando ella ya estaba más que decidida a terminar lo que había entre ellos.

No obstante, con Karly en el rancho, se le había presentado una oportunidad de oro que no podía dejar pasar. Lo único que tenía que hacer era convencerla para que se quedara en el rancho unos días, hasta que se solucionara la huelga de Dénver. Eso le daría tiempo para preguntarle qué era lo que había pasado y descubrir por qué había cambiado de opinión.

Tal vez no era lo más inteligente que había hecho en su vida. Sabía que, fuera lo que fuera lo que descubriera, el estado de su matrimonio no cambiaría. Ya había firmado los papeles y la había dejado libre. De hecho, seguramente sería mejor que no supiera nada. Además, aunque conociera la respuesta, no esperaba que Karly cambiara de opinión, pero una parte perversa de su ser sentía que tenía derecho a saber por qué ella lo había rechazado sin ni siquiera intentarlo con él.

Tras haber tomado la decisión, Blake regresó a la cocina para ayudar a Karly.

–He estado pensando que no tiene ningún sentido que te gastes dinero en un hotel cuando puedes quedarte aquí gratis –dijo mientras sacaba dos vasos de uno de los armarios.

–No puedo hacer eso.

–¿Por qué no? –preguntó él. Había empezado a servir el té en los vasos.

–No quiero molestar… –respondió ella mientras colocaba la tartera con los filetes sobre la mesa.

–¿Y por qué ibas a molestar? –replicó él después de que los dos se sentaran a la mesa–. Seguimos casados y, según tengo entendido, no resulta nada inusual que dos esposos se alojen en la misma casa –añadió riendo.

–Nosotros no vamos a permanecer casados mucho tiempo –insistió–. De hecho, estamos prácticamente divorciados.

–Eso no importa. Sigues siendo mi esposa y eso te da todo el derecho a alojarte aquí.

31

–En realidad, no nos conocemos –dijo ella antes de darle un bocado a un gajo de patata.

–Pues eso no pareció importante cuando me diste el sí quiero –señaló él sin poder contenerse. Se sintió muy mal cuando vio la expresión dolida en el rostro de Karly.

Ella lo miró fijamente durante un largo instante antes de sacudir la cabeza.

–Creo que lo mejor será que mañana me vaya a un hotel, como había pensado.

–Mira, siento lo que te he dicho. No ha estado bien.

Karly siguió mirándolo fijamente durante unos instantes antes de responder.

–En realidad, no... Los dos nos vimos atrapados por el momento en Las Vegas. Creo que ninguno de los dos tenemos la culpa de nada.

Tal vez ella se vio atrapada por el momento, pero Blake había sabido exactamente lo que hacía y el compromiso que adquiría cuando prometió cuidarla durante el resto de su vida. Sin embargo, discutir sobre ese punto no iba a ayudarle en absoluto a conseguir lo que se había propuesto.

–Eso es ya agua pasada –dijo él encogiéndose de hombros–, pero, si te quedas aquí, estoy seguro de que estarás mucho más cómoda que en un hotel. Y no tendrás que conducir por estas carreteras más que una vez cuando regreses al aeropuerto.

Ella lo miró con suspicacia.

–¿Por qué insistes tanto en esto, Blake?

–Me imagino que eso te ahorrará unos cien dólares o más –respondió él. Evidentemente, ella tenía que ahorrar dinero. Si no, no habría mencionado que lo de presentar el divorcio ella misma en vez de hacerlo por medio de un abogado era más barato. Sin embargo, no iba a hacer comentario alguno al respecto. Igual que él, Karly tenía su orgullo y sacar a colación el estado de su situación financiera tan solo conseguiría que ella se marchara tan rápidamente como se lo permitiera el deportivo rojo.

—Además, estar aquí es mejor que estar en una habitación de hotel sin nada más que hacer que mirar cuatro paredes.

Blake estuvo a punto de gemir en voz alta cuando ella empezó a morderse el labio mientras pensaba en lo que él le había dicho. No estaba tratando de seducirle, pero parecía que todo lo que tuviera que ver con Karly despertaba su libido y la ponía a mil. Tal vez se debía a los recuerdos de cuando hicieron el amor, recuerdos que turbaban sus sueños por la noche. Más probablemente, se debía al hecho de que no había estado con ninguna mujer desde que se separaron en Las Vegas. Fuera cual fuera la razón de sus hiperactivas hormonas, Blake no pensaba hacerles ni caso.

—Supongo que no tener nada que hacer sería bastante aburrido —admitió ella por fin, pero no creo que aquí tenga yo mucho que hacer tampoco.

—Claro que sí —respondió él, tratando de no parecer demasiado ansioso—. En un rancho nunca faltan cosas que hacer. Podrías ayudarme a dar de comer a los caballos y a un par de terneros huérfanos. Mañana por la tarde, puedes venir conmigo a los pastos de verano para ver cómo está un rebaño de novillos que vamos a traer aquí dentro de un par de semanas.

—¿A caballo? —le preguntó ella. Cuando Blake asintió, Karly negó vigorosamente con la cabeza–. ¡De eso ni hablar!

–¿Por qué?

–Aparte de montar en poni en una feria cuando tenía cinco años, jamás he montado en un equino –replicó ella mientras tomaba un sorbo de té.

–No te preocupes por eso. Tengo la yegua perfecta para ti. No tardaremos nada en enseñarte a montarla.

–No creo que sea buena idea… No le caigo bien a los caballos.

–¿Por qué dices eso? –le preguntó–. Acabas de admitir que en realidad nunca has estado en contacto con caballos. ¿Cómo puedes saber si les caes bien o no?

Karly frunció el ceño.

–Esta tarde, cuando llegué, tu caballo bufó y pataleó el suelo con el pie al verme. Si eso no es indicativo de que no le caigo bien, no sé qué puede ser.

–Cascos. Los caballos tienen cascos –le corrigió Blake mientras seguía comiendo su filete–. Y, para que conste, Boomer no te bufó. Ese ruido que hizo fue la manera que los caballos tienen de suspirar. Indica que está relajado, que siente curiosidad o, en algunos casos, tan solo está diciendo hola. Solo te estaba saludando.

–Pues su nombre no inspira confianza. Boomer suena bastante… explosivo.

Blake soltó una carcajada al escuchar lo equivocada que Karly estaba sobre el temperamento del caballo.

–Boomer es la abreviatura de Boomerang. La razón por la que se llama así es porque le gusta tanto la gente que no puede permanecer alejado de ella mucho tiempo. Si le dejo en los pastos con otros caballos, antes de que me dé cuenta se da la vuelta y regresa conmigo.

–Me parece genial, pero eso no significa que yo le guste.

Blake sonrió.

–Te lo presentaré mañana por la mañana cuando salgamos al establo para cuidar de los terneros. Ya verás. Es tan manso como un perrito faldero.

Karly lo miró con escepticismo, pero no realizó comentario alguno hasta que hubieron terminado la cena.

–Puedo ayudarte a dar de comer a los terneros, pero me temo que montar a caballo mañana está descartado. No esperaba estar fuera de mi casa más de dos noches y no tengo nada que ponerme para subirme a un caballo.

Blake sonrió al notar el alivio que había en la voz de Karly. Se apostaba lo que fuera a que se había pasado toda la cena pensando en una excusa para no tener que montar.

–Eso lo remediaremos mañana por la mañana –dijo sonriendo mientras la ayudaba a recoger la mesa–. Iremos a una tienda en Eagle Fork para comprar todo lo que necesitas.

–Me parece mucho tiempo y muchas molestias para comprar un par de vaqueros –replicó ella mientras guardaba los restos de la cena en el frigorífico–. Además, no quiero interferir con el trabajo que tienes que hacer.

–No será molestia alguna –dijo Blake. Casi no podía contener la risa al ver lo mucho que Karly se estaba esforzando por escapar a sus planes. Él no solo estaba decidido a averiguar lo que ella no le había dicho, sino que también quería hacerle vivir el rancho de un modo que no olvidaría jamás–. Tengo que comprarme una camisa nueva para la barbacoa del Día del Trabajo, que es el lunes, y tú necesitarás algo que ponerte también. De hecho, seguramente sería buena idea comprarte ropa suficiente para unos días, dado que no podemos saber de antemano cuánto tiempo va a durar la huelga.

—No puedo colarme en la fiesta de tus amigos –insistió ella.

—No vas a colarte en ningún sitio porque irás como mi pareja.

—Eso resultaría bastante incómodo…

—Solo si tú haces que sea así –replicó él aun sabiendo que Karly estaba en lo cierto.

—¿Y cómo ibas a presentarme? –le preguntó ella–. Tal vez ahora estemos casados, pero no somos más que unos desconocidos a punto de divorciarse. Ni siquiera estaríamos casados si los papeles hubieran llegado a tiempo. Prefiero evitar preguntas sobre nuestro precipitado matrimonio y el próximo divorcio.

—Es fácil. Yo les diré que nos conocimos en Las Vegas y que has venido a visitarme.

Karly lo miró fijamente antes de responder.

—¿De verdad crees que la huelga tardará tanto en solucionarse?

Blake se encogió de hombros.

—Este fin de semana hay puente. No hay manera de saberlo. Aunque alcancen un acuerdo a lo largo del fin de semana, van a hacer falta un par de días para que las aerolíneas consigan ponerse al día. Como el lunes es fiesta, eso va a retrasar las cosas aún más.

—Supongo que podría marcharme en coche desde aquí a Lincoln County…

—Sé que quieres hacer lo del divorcio cuanto antes, pero, ¿de verdad quieres conducir quince o dieciséis horas? –le preguntó–. No podrías hacerlo mañana porque el juzgado cierra y no volverá a abrir hasta el martes. Para entonces, seguramente la huelga habrá terminado y tú podrás marcharte en avión.

Karly no parecía muy contenta por lo que Blake estaba diciendo, pero terminó por asentir.

–Probablemente tengas razón.

–Claro que la tengo –repuso él. Cuando Karly comenzó a bostezar, él le indicó su habitación–. Yo puedo terminar de recoger la cocina. ¿Por qué no te vas a la cama? Aquí se madruga mucho.

–¿De qué hora estamos hablando? –preguntó ella, aunque estaba tratando de ocultar otro bostezo con la delicada mano.

–Yo empiezo a dar de comer al ganado de los establos al amanecer –dijo él mientras empezaba a cargar el lavavajillas–. Eso me lleva una hora. Dado que aún no tienes ropa adecuada para eso, te despertaré cuando haya terminado.

Karly pareció horrorizada.

–Dios santo… ¿Los animales están despiertos a esas horas?

–No solo es que estén despiertos, sino que normalmente hacen mucho ruido porque saben que es hora de desayunar –comentó él riendo.

Cuando Karly volvió a bostezar, se levantó y se dirigió hacia la escalera.

–En ese caso, creo que seguiré tu consejo y me iré a la cama. Gracias, Blake.

–¿Por qué? –preguntó él acercándose a ella.

–Por darme un lugar en el que alojarme hasta que la huelga se haya resuelto y por ser tan agradable en todo –susurró ella–. No tenías que serlo, considerando lo mal que me he ocupado yo del asunto del divorcio.

Él resistió la necesidad de tocarla. Se metió las manos en los bolsillos de los vaqueros para evitar tomarla entre sus brazos y besarla hasta que los dos se quedaran sin aliento.

–No seas tan dura contigo misma. No podías controlar lo que ocurrió después de que enviaras los papeles por correo. Como te dije antes, yo soy bastante chapado a la antigua. Mientras estemos casados, es mi deber cuidar de ti y proporcionarte un techo sobre tu cabeza y darte de comer.

Karly lo miró fijamente durante unos instantes antes de asentir levemente.

Bueno, muchas gracias de todos modos. Buenas noches.

–Sí. Hasta mañana.

Blake permaneció observándola mientras subía la escalera y esperó hasta que ella cerró la puerta de su dormitorio. Entonces, regresó a la cocina y encendió el lavavajillas. Tras apagar la luz de la cocina, se dispuso él también a subir la escalera para dirigirse a su propia habitación. No podía dejar de preguntarse cómo era posible que todo se hubiera complicado tanto, ocho meses atrás, todo había sido muy sencillo. Había encontrado la mujer con la que iba a pasar el resto de su vida y ella le había dicho que era también el hombre con el que quería compartir la suya.

Blake no sabía qué era lo que había cambiado desde el momento en el que se marcharon de Las Vegas hasta que ella le llamó unos días más tarde desde Seattle para decir que no se iba a reunir con él en el rancho tal y como habían planeado. Sin embargo, de una cosa estaba totalmente seguro; antes de que ella abandonara el rancho para entregar los papeles de divorcio y poder regresar a su vida en la ciudad, él conseguiría una explicación para poder dejar el asunto zanjado de una vez por todas.

A la mañana siguiente, mientras Karly se sentaba en el asiento del copiloto de la furgoneta de Blake, miró hacia la montaña. Mientras subía el día anterior, había estado tan centrada en conseguir que Blake firmara de nuevo los papeles del divorcio y regresar a Cheyenne para tomar el vuelo que la llevara a Dénver, que no se había fijado en el paisaje. Aunque las montañas que rodeaban Seattle eran más frondosas, la dureza del paisaje de Wyoming resultaba también muy hermosa. Los bosques no eran tan espesos, pero las desgajadas rocas y los amplios valles con verdes praderas plagadas de flores resultaban totalmente arrebatadores.

–Todo esto es muy bonito –murmuró en voz alta.

–Jamás lo hubiera imaginado –dijo él con una sonrisa mientras daba la vuelta a la furgoneta–. Es increíble lo diferentes que pueden resultar las cosas de como las imaginamos, ¿verdad?

Cuando ella le llamó para decirle que había cambiado de opinión, le había dicho algunas cosas sobre la tierra que Blake tanto amaba que lamentaba profundamente. En realidad, había estado tratando de convencerse a sí misma de que vivir en una zona tan remota de Wyoming era inadecuado para ella. Había estado tratando de crear la suficiente distancia entre ellos para que el divorcio fuera la mejor opción. Sin embargo, eso no cambiaba el hecho de que Blake se había ofendido con sus comentarios. Ella le había hecho daño.

–Supongo que me precipité un poco al pensar que esta zona no tenía nada que ofrecer –admitió ella por fin–. Sin embargo, tienes que comprender que he vivido gran parte de mi vida en una ciudad, donde todo lo que quiero o necesito está muy a mano.

–Lo comprendo, pero tampoco es la vida rural y apartada que habías imaginado, ¿verdad?

–No –admitió ella–, pero tú contribuiste a crear esa imagen.

–¿Cómo? –preguntó él frunciendo el ceño.

–Me dijiste que el rancho estaba en un lugar remoto y yo, por supuesto, di por sentado que… –se interrumpió. Acababa de darse cuenta de que, cuando el vecino más cercano estaba al menos a quince kilómetros de distancia a los pies de la montaña y que solo había un camino para llegar al rancho, podría considerarse un lugar muy aislado–. Supongo que pensé que te referías a que carecía de algunas de las comodidades de hoy en día.

–Di la verdad –comentó él riendo–. Pensaste que para ir al baño en medio de la noche tendrías que echar mano de la linterna para ir a una pequeña cabaña con una media luna tallada en la puerta.

Karly se echó a reír.

–Bueno, no del todo, pero no esperaba una casa que pareciera una mansión o que la casa en la que tú vives resultara tan acogedora. Supongo que pensaba que todo resultaría más rústico.

–Has estado viendo demasiados westerns en televisión –dijo él mientras conducía la furgoneta hasta la carretera principal cuando llegaron al pie de la montaña–. Vivir en un rancho es como vivir en otro lugar. Tenemos todas las modernidades. Televisión por satélite, Internet de alta velocidad… La única diferencia es tener que conducir unos pocos kilómetros para llegar a una tienda en vez de que esta esté al final de la calle.

–Tal vez sí que había estado pensando que sería un poco como el viejo oeste –admitió ella.

Los dos se quedaron en silencio durante el resto del trayecto. Cuando llegaron a Eagle Fork, Karly había llegado a la conclusión de que no estaba muy orgullosa de lo que había hecho. No se lo iba a decir a Blake, pero no habría importado que el rancho fuera más rústico o que estuviera en medio de una ciudad. Se habría divorciado de él de todos modos. No habían sido los desafíos de vivir en un rancho lo que le habían hecho dar marcha atrás, sino el miedo a ser como su madre y descubrir que un marido y una familia no eran suficientes para ella. A descubrir que su profesión era más importante.

Unos minutos más tarde, cuando Blake aparcó la furgoneta delante de la tienda, Karly se dio cuenta de que esta, que se llamaba Blue Sage Western Emporium, parecía llevar abierta desde la época de las caravanas. Su segundo pensamiento fue esperar que la ropa no fuera demasiado cara. No le faltaba el dinero, pero vivía con estrecheces y no había planeado tener que comprarse ropa que probablemente no se volvería a poner cuando abandonara el rancho.

Blake sonrió y le abrió la puerta para ayudarla a descender de la furgoneta.

–¿Lista para convertirte en una vaquera?

–Tanto si lo estoy como si no, parece que no me va a quedar más remedio –contestó ella. Se sentía sin aliento.

Si tan solo la sonrisa de Blake le quitaba el aliento, tenía verdaderos problemas. Sin embargo, fue el tacto de la mano de él contra su espalda lo que le provocó temblores en las rodillas. Sabía que lo mejor que podía hacer era olvidarse de las compras y marcharse a Lincoln County, aunque sabía también que eso no iba a ocurrir en un futuro cercano.

–Cómprate todos los pares que creas que puedes necesitar –le dijo él mientras se dirigían a la zona donde estaban los pantalones vaqueros para mujer. Luego le indicó las perchas de camisas y camisetas–. No te olvides de camisas y demás y de algo especial para la barbacoa.

Antes de que Karly pudiera decirle que no iba a necesitar ropa porque se iba a marchar a la mañana siguiente, una mujer de mediana edad se acercó a ellos.

–Me alegro de verte, Blake –le dijo con una sonrisa. Luego miró a Karly con curiosidad–. ¿Cómo van las cosas en Wolf Creek?

–No me puedo quejar, Mary Ann –respondió él–. La cosecha de heno ha sido buena este año y deberíamos tener más que suficiente para pasar el invierno.

–Me alegro –contestó ella–. Eli Laughlin estuvo aquí el otro día y dijo más o menos lo mismo sobre el Rusty Spur.

Mientras Blake y la dependienta hablaban de lo que estaba ocurriendo en algunos de los ranchos de la zona, Karly renunció a la idea de ir en coche a entregar los papeles del divorcio. En primer lugar, no le gustaba demasiado pasarse muchas horas al volante de un coche y, en segundo lugar, estar sentada en la habitación de un hotel durante un par de días mientras esperaba a que abrieran el juzgado no le resultaba muy atractivo tampoco.

Tal y como Blake le había dicho, sería mejor para ella esperar allí y buscar la manera de regresar a casa después del puente. Seguramente, la huelga ya habría terminado y el juzgado estaría abierto. No quería pararse a penar por qué la decisión de quedarse allí con Blake le hacía sentirse tan cálida por dentro.

Cuando hubo encontrado unos vaqueros y unas cuantas camisetas que no eran demasiado caras, Blake se reunió con ella.

—¿Estás lista para probarte unas botas?

—Ni siquiera había pensado en el calzado —respondió ella preguntándose cómo su presupuesto iba a recuperarse de aquel gasto inesperado—. Sé que no puedo llevar estos zapatos y supongo que las chanclas no son adecuadas para ayudarte a dar de comer a los terneros huérfanos, ¿verdad?

—No, a menos que quieras correr el riesgo de sufrir un corte o un dedo roto si uno de ellos te pisa.

—Pues no —replicó ella. Era preferible un dolor de cabeza financiero que el dolor físico.

Media hora más tarde, Blake y ella salieron de la tienda. Karly fruncía el ceño al observar todas las bolsas y cajas que Blake llevaba. Sabía que no se podía permitir todas las cosas que había comprado, pero no había esperado que él le pagara todo. Probablemente aquella era otra obligación para él, dado que seguía siendo su esposo. La única razón por la que ella había aceptado era porque su cuenta bancaria no le permitía rechazar aquella clase de oferta. Sin embargo, parecía meterse más y más en su papel de esposa cuando el objetivo de aquel viaje había sido el divorcio.

–Deberías haberme permitido pagar todo esto –dijo ella. Si lo hubiera hecho, se habría comprado menos cosas y más baratas–. Dudo que al dueño del rancho le guste que le hayas cargado todo esto en su cuenta.

–No te preocupes por eso. No le importa que cargue compras en la cuenta del rancho. Como te he dicho, eres mi esposa. Si vivieras conmigo, estarías cargando cosas en esa cuenta constantemente –añadió él con una sonrisa mientras lo colocaba todo en el asiento trasero de la furgoneta–. Es una de las ventajas de ser el jefe.

–Hay una gran diferencia entre cargar una o dos prendas y lo que acabamos de hacer. El sombrero era carísimo y solo las botas cuestan más de lo que he pagado nunca por un par de zapatos en toda mi vida.

–Un buen sombrero y par de botas cómodas valen todo lo que se pague por ellos –afirmó él mientras la ayudaba a subirse a la furgoneta.

–Pero no voy a estar aquí mucho tiempo –protestó ella tratando de hacerle comprender–. Algo más barato me habría servido igual.

Efectivamente, Karly le había dicho lo mismo cuando él insistió en que se pusiera unas botas que eran demasiado caras. Sin embargo, él le tomó un pie entre las manos y se lo levantó para quitarle el zapato y ponerle las botas. Aquel gesto hizo que su cerebro sufriera un cortocircuito y que sus cuerdas vocales dejaran de funcionar. La sonrisa y el pícaro brillo en los ojos le indicaron que él se había dado cuenta, pero no realizó comentario alguno.

Cuando entraron en el coche, Blake se sentó detrás del volante y dijo:

–A ver si dejamos clara una cosa: mientras estés en el rancho y sigamos casados, yo correré con todos los gastos. Eso incluye la ropa, las botas y los sombreros que te pongas. No pienso escatimar en estas cosas porque, por muy caras que sean, en la mayoría de los casos uno se lleva lo que paga. Los sombreros y las botas son dos de esas cosas –comentó. La sorprendió cuando acercó la mano para cubrir la de ella–. Y no te preocupes por lo de la cuenta del rancho. Cuando llegue la factura, yo la pagaré.

El tacto de aquella mano callosa sobre la piel y los recuerdos de cómo aquellas manos le habían acariciado el cuerpo cuando hicieron el amor le provocaron un escalofrío de anhelo por la espalda. Trató de achacar aquella reacción a los nervios, pero sabía muy bien que no era así. Si seguían mirándose de aquel modo, a Karly le iba a costar mucho no caer de nuevo presa del encanto de Blake.

Rápidamente apartó la mano de la de él y se concentró en lo que Blake había dicho.

–Mira, te agradezco que sientas que es tu responsabilidad que yo tenga lo que necesito –afirmó–, pero no me parece bien que me hayas comprado un vestuario completo.

Blake la miró fijamente mientras arrancaba la furgoneta y la hacía salir del aparcamiento.

–¿Por qué no?

–Si yo me hubiera ocupado del asunto del divorcio de un modo diferente, no estarías ahora en la incómoda posición de tenerme que proporcionar alojamiento o de comprarme cosas –dijo ella. Verdaderamente se sentía culpable. Además, si no hubiera sido tan impulsiva y no hubiera realizado promesas que no podía mantener mientras estaban en Las Vegas, ninguno de los dos se encontraría en la situación en la que estaban en aquellos momentos.

–No te culpes por ello –afirmó Blake, sorprendiéndola con el comentario–. Hiciste lo que pensabas que era lo mejor, pero no resultó del modo que tú esperabas. Nos ocurre a todos.

El sentimiento de culpabilidad de Karly se acrecentó cuando se dio cuenta de que él estaba hablando de sus propios planes para ellos, en los que vivirían juntos como marido y mujer. Tenía todo el derecho a mostrarse resentido por el modo en el que ella había terminado con todo, pero, en vez de eso, la estaba tratando como la esposa que ella nunca había sido para él. De repente, deseó que las cosas hubieran sido diferentes, pero rápidamente aplastó aquel traidor pensamiento.

–Supongo que tienes razón –murmuró.

Los dos quedaron en silencio varios minutos mientras Blake salía de la ciudad para dirigirse al rancho.

–¿Por qué no volvemos a empezar? –sugirió él de repente.

–¿A qué te refieres?

–No tiene sentido perder el tiempo señalando a otros o sintiéndose culpable por lo que fue mal entre nosotros –dijo él pragmáticamente–. Los dos hemos firmado ya los papeles. Entonces, ¿por qué no nos olvidamos de la verdadera razón de tu viaje y consideramos estos días como una visita entre amigos? Yo te mostraré cómo es la vida en el rancho y tú puedes considerar el tiempo que pases aquí como esas vacaciones por las que la gente paga para sentirse un vaquero de verdad.

Karly sintió que se le hacía un nudo en el pecho al escuchar aquella oferta y ante la consideración que él le estaba mostrando. Los dos sabían que ella era la responsable de aquel fiasco y que él se había sentido muy desilusionado con las decisiones que ella había tomado. Sin embargo, estaba dispuesto a dejar a un lado los malos sentimientos para que la estancia de Karly en el Wolf Creek fuera muy agradable. Si ella no hubiera tenido tanto miedo de que dejar su trabajo y mudarse tan lejos de la ciudad la convirtiera en alguien como su madre, le habría encantado tener como esposo a un hombre como Blake.

–Gracias, Blake –dijo ella tratando de contener las lágrimas–. Me gustaría pensar así.

–Entonces, está decidido –replicó él con una sonrisa que le aceleró el pulso–. Volvamos al rancho para que puedas empezar a disfrutar de la experiencia de tu vida.

Capítulo Tres

Las oscuras sombras de la noche estaban empezando a dar paso a la brumosa luz del alba cuando Karly salió de la casa detrás de Blake para dirigirse a uno de los establos. Llevaba puestos unos vaqueros nuevos, una camiseta rosa y una cazadora vaquera forrada que él había insistido también en comprarle el día anterior. Evitaba pisar los charcos que había dejado la tormenta de la noche anterior para que no se le mancharan sus flamantes y carísimas botas nuevas.

La lluvia había impedido que Blake y ella fueran a ver cómo estaba el rebaño de los pastos de verano, lo que a Karly le había venido estupendamente. Le había dado un respiro antes de aprender a montar a caballo. Seguramente era mucho esperar que volviera a llover aquel día también.

–¿Cuánto se tarda en alimentar a los animales? –preguntó ella cuando entraron en el establo.

–Se tarda más ahora de lo que es habitual por los bebés del cubo –respondió él mientras abría una puerta que daba paso a una sala llena de sacos de grano y de cubos de varios tamaños–, pero normalmente terminamos en una hora aproximadamente.

Karly dio por sentado que los bebés del cubo de los que él hablaba eran los terneros huérfanos. Cuando preparó dos cubos con enormes pezones saliendo de la parte inferior sobre una pequeña mesa, ella comprendió perfectamente por qué lo llamaba los bebés del cubo.

—¿Por qué no utilizas biberones grandes? –le preguntó ella–. ¿No sería más fácil?

Blake se echó a reír.

—Hay dos razones. La primera, tendríamos que llenar cada biberón cada pocos minutos. La segunda es que los terneros son muy entusiastas cuando comen. Sujetar un cubo puede resultar bastante difícil cuando empiezan a comer, pero un biberón sería casi imposible.

—¿Cuánto tiempo tienen? –le preguntó ella mientras Blake empezaba a echar unos polvos color crema en cada cubo–. Si aún toman solo leche deben de ser bastante jóvenes.

—Tienen casi cuatro semanas –contestó Blake. Comenzó a añadir jarras de agua destilada a los cubos–. Si tú remueves la leche, yo mediré los cereales de inicio.

—¿Pero entonces ya comen sólido? –le preguntó ella asombrada–. ¿No son un poco pequeños para eso?

—Ya sabes lo que dicen. Los niños crecen muy rápido hoy en día –bromeó él.

—¿Puedes contestarme en serio? Ha sido una pregunta legítima.

—Lo siento –dijo él sin poder contener la risa.

—No. No lo sientes –protestó ella, aunque no pudo evitar echarse a reír con él.

—En realidad, no. Es que no lo he podido evitar –comentó él esbozando una de sus encantadoras sonrisas–. Los terneros suelen empezar a mordisquear la hierba del prado cuanto tienen un par de días, pero eso es cuando tienen a sus madres al lado y ellas pueden darles de mamar cuando quieren. Como estos terneros no tienen madre y tienen que ser alimentados con horario en vez de a demanda, los iniciamos con un poco de heno unos días después de que nazcan y con cereales de inicio una semana después. Cuando son capaces de comer entre dos y tres kilos de grano al día, empezamos a retirarles la leche. Eso ocurre cuando tienen entre seis y ocho semanas.

–Crecen muy rápido –dijo ella, maravillada de lo rápidamente que progresaban los animales.

Mientras ella removía la leche, Blake fue a por el grano y empezó a echarlo en cubos con muy poco fondo. Mientras lo observaba a través de la puerta, Karly decidió que Blake Hartwell era sin duda el hombre más guapo y carismático que hubiera conocido nunca. Debía tener mucho cuidado para no volverse a enamorar de él.

Ese pensamiento debería haberla hecho correr hasta su deportivo rojo y bajar la montaña con toda la rapidez que el coche pudiera alcanzar. Sin embargo, le había prometido que se quedaría hasta que la huelga se solucionara y ya había roto demasiadas promesas con Blake. No iba a hacerlo una vez más, sobre todo cuando él se había portado tan bien después de todo lo que había ocurrido entre ellos.

Cuando volvió a reunirse con ella, Blake le entregó los cubos de grano, que eran menos pesados, y se ocupó él de los de leche.

–¿Estás lista para tu primera lección en el delicado arte de alimentar a los terneros?

Ella asintió.

–Supongo que sí.

Aparte del poni que había montado en una ocasión, nunca había estado con un animal que fuera más grande que un perro o un gato, por lo que se sintió algo intimidada. ¿Mordían los terneros? No recordaba haberlo escuchado nunca, pero eso no significaba nada. No sabía nada del ganado ni conocía a nadie que supiera del tema aparte de Blake.

Aquella era otra razón más por la que había tenido dudas sobre su matrimonio. No solo temía dejar su trabajo y encontrarse tan desplazada y resentida como su madre, sino que también tendría que vivir en un rancho con animales lo suficientemente grandes como para aplastarla como si fueran un gusano.

La primera vez que vio a aquellos animales en acción fue en Las Vegas, cuando conoció a Blake y él la invitó a verle montar en un rodeo. Tras regresar a Seattle y recordar lo que aquellos enormes animales eran capaces de hacer y las heridas que sus actos podían causar, había estado completamente segura de que la vida de un rancho no era para ella. Sin embargo, allí estaba, haciendo precisamente lo que tanto había temido.

Cuando llegaron al establo en el que estaban los terneros, Karly no pudo evitar una sonrisa. Los dos terneros comenzaron a balar inmediatamente y a empujar la puerta mientras Blake y ella se acercaban. Sabían que su desayuno había llegado.

–¡Son tan monos! –exclamó mirando a los dos terneros negros. Parecían muy pequeños como para poder hacer daño alguno–. ¿Muerden?

Blake se echó a reír mientras colocaba los dos cubos de leche sobre una bala de paja para luego quitarle a Karly los de los cereales.

–Tendrían que tener dientes superiores para poder hacerlo.

–¿No tienen dientes? –preguntó ella con incredulidad. Le parecía que todos los animales necesitaban dientes para poder comer.

–No. Solo tienen los incisivos inferiores y una encía superior muy dura, por lo que es poco probable que uno pudiera morderte y hacerte daño. Aunque lo intentaran, algo que no suelen hacer, sería más un pellizco que un mordisco.

–Me alegra saberlo –dijo ella cuando Blake abrió la puerta del establo.

–Yo me ocuparé de darles el cereal de inicio y luego les daremos la leche juntos –dijo él mientras entraba en el pequeño cubículo.

Blake se vio inmediatamente acosado por los terneros. Karly observó atónita lo rápidamente que los dos terminaban el grano de los cubos.

–Tenías razón cuando decías que les encantaba comer –comentó ella riendo.

–Pues espera a ver cómo se toman la leche –le aseguró Blake. Salió del cubículo para ir a por los cubos de leche–. Son como tiburones en una orgía de sangre –añadió riendo.

Karly le abrió la puerta del cubículo para que pudiera entrar y luego lo siguió al interior. Los terneros se frotaron contra ella mientras buscaban los cubos. Uno de ellos incluso se metió dos dedos de la mano de Karly en la boca y empezó a chupar.

–¡Dios mío! –exclamó ella y se echó a reír mientras trataba de retirar la mano–. ¡De verdad que son como tiburones en una orgía de sangre!

–Pues espera y verás.

Blake le indicó cómo sostener el cubo y ella comprendió inmediatamente a lo que se refería. El ternero al que estaba alimentando empezó a golpear suavemente el cubo con la boca mientras chupaba de la tetina de plástico.

–¿Por qué hace eso?

–Es instintivo –respondió Blake–. En los pastos, los terneros golpean así la ubre de la madre para ayudar a que baje la leche.

Los terneros vaciaron los cubos en un abrir y cerrar de ojos. Karly se preguntó si tendrían que alimentarse cada cuatro horas, como los bebés humanos.

–¿Cuándo tienen que volver a comer?

–Uno de los mozos los alimentará de nuevo dentro de unas doce horas –contestó Blake mientras ponía un poco de heno en el pesebre. Luego lavaba los cubos y los metía en bolsas de plástico–. ¿Qué te ha parecido tu primera experiencia en un rancho? –añadió sonriendo.

–No me puedo creer que vaya a decir esto, pero me ha gustado mucho –admitió cuando salían del establo–. Eran tan monos… y cuando me miraban con esos ojos castaños tan grandes, no podía evitar enamorarme de ellos.

–Si no recuerdo mal, me dijiste algo similar cuando estábamos en Las Vegas –murmuró él con voz baja e íntima.

Karly tragó saliva y levantó la mirada hacia él. Cuando se conocieron, ella le había confesado lo mucho que le gustaban sus ojos. Meses después, en el rancho, mientras se asomaba a sus oscuras profundidades, le resultaba difícil apartar la mirada. Igual que le había ocurrido en Las Vegas, se sentía como si viera su futuro en la sensual calidez de aquellos ojos castaños. Le costó mucho girar el rostro.

Parpadeó para romper el hechizo y se reprendió mentalmente. Ese modo de pensar era la razón exacta por la que se encontraba en aquella situación y el porqué debía enfrentarse a la disolución de su breve matrimonio en vez de simplemente tener que dar por finalizado un fugaz romance.

Se obligó a recordar todas las razones por las que debía mantenerse firme en su decisión. Respiró profundamente y trató de cambiar de tema.

—¿Será el desayuno mi siguiente experiencia en este rancho?

Blake la observó unos instantes antes de señalar el rancho del capataz.

—Mientras te aseas un poco, iré al barracón a que el cocinero me dé algo para nosotros.

Sin decir más, Blake se dirigió a un caserón que había al otro lado de los establos.

Karly observó cómo se marchaba y comprendió que debía marcharse de allí en cuanto pudiera. Sin embargo, sabía que no iba a hacerlo. Por razones en las que no quería pensar, se sentía obligada a quedarse con Blake hasta que la huelga terminara. Tal vez la razón era simplemente que no le apetecía conducir tantas horas, pero lo más probable era que, cada vez que miraba los cálidos ojos de Blake, iba perdiendo poco a poco el poco sentido común que poseía.

Se dio la vuelta y se dirigió a la casa. Quedarse allí no era una decisión muy acertada y anticipaba varios momentos incómodos a lo largo de los días siguientes.

Sin embargo, tenía pocas opciones y un presupuesto que no podría soportar una larga estancia en un hotel. Lo único que tenía que hacer era ser fuerte y resistir. Desgraciadamente, el desafío podría ser monumental, considerando que tan solo una mirada de Blake bastaba para que ella se sintiera a punto de deshacerse.

Cuando Blake terminó de ensillar la yegua, miró a Karly. Ella estaba sentada sobre una bala de paja, observándole con evidente nerviosismo. A lo largo del desayuno, había intentado evitar el paseo a caballo preguntándole por un gran número de situaciones, todas las cuales resultaban bastante improbables.

Estaba tan guapa mientras lo interrogaba que Blake había tenido que esforzarse mucho para no tomarla entre sus brazos. Sin embargo, por mucho que le hubiera gustado hacerlo, resistió a la tentación. Habían firmado los papeles y solo era cuestión de tiempo que los caminos de ambos se separaran.

Además, ceder al deseo que sentía por Karly no iba a ayudarle a descubrir lo que le había hecho cambiar de opinión sobre ellos. Por ello, iba a esforzarse todo lo posible por ignorar el hecho de que ella aún lo excitaba como no lo había hecho ninguna otra mujer. Se concentraría en mostrarle la belleza del rancho y la maravillosa vida que podrían haber compartido. Por su parte, esperaba conocer más a la mujer con la que se había casado y a la que muy pronto tendría que dejar marchar.

–Karly, esta es Suede –dijo él acercando a la yegua al lugar en el que ella estaba sentada–. Ella será tu montura mientras estés aquí en el rancho.

—Es muy alta… –murmuró ella mientras se ponía de pie, asegurándose de que Blake estuviera siempre entre la yegua y ella.

Blake le entregó las riendas tratando de no reírse.

—Mientras las dos os vais conociendo, voy a ensillar a Boomer.

—¿Vas a dejarme sola con ella? –se asustó Karly.

—Confía en mí, Karly. Si pensara que había la más mínima posibilidad de que te hiciera daño, no te dejaría que te acercaras a ella. Te prometo que estarás bien, cielo –añadió. Sin poder contenerse, levantó la mano para cubrirle la mejilla.

Karly no dejaba de mirarlo y él sintió cómo el cuerpo de ella se inclinaba ligeramente hacia el suyo. Aquello fue lo único que bastó para dar al traste con sus buenas intenciones. Sin poder contenerse, besó a Karly en los labios. Estos eran suaves y tan perfectos como los recordaba, Se moldeaban a los de él y, cuando se separaron para exhalar un ligero suspiro, el corazón de Blake se aceleró como un caballo de carreras. Aunque su vida hubiera dependido de ello, no hubiera podido evitar profundizar el beso.

Le trazó los labios con la lengua antes de deslizarla al interior, saboreándola y familiarizándose con sus dulces recovecos. Todos sus sentidos entraron en estado de alerta y su cuerpo se excitó más de lo que creía humanamente posible. El sabor y los gemidos que ella no lograba contener le hacían gruñir de frustración. Estaban en un establo, sujetando a una yegua por las riendas. No se trataba exactamente de la situación ideal para comenzar algo que, en realidad, Blake sabía que no podía terminar.

Cuando sintió la necesidad de tomarla entre sus brazos y besarla hasta que los dos perdieran el sentido, bajó la mano y dio un paso atrás.

–Confías en mí, ¿verdad?

Karly estaba aparentemente tan aturdida como él por el momento íntimo que habían compartido, y tampoco deseaba hablar sobre el beso. Se limitó a mirarlo fijamente antes de asentir.

–Sí, pero si te equivocas sobre esta yegua, te aseguro que volveré para martirizarte.

Blake se echó a reír por el comentario y también para aliviar la tensión del momento. El rápido ingenio de Karly era de las cosas que le resultaban más atractivas de ella. Le pareció buena señal que ella mostrara sentido del humor. Volvía a mostrarse más relajada a su lado.

–Si quieres ganar puntos con Suede, ráscale la frente y háblale –le dijo mientras se marchaba a sacar a Boomer del establo. Cuando regresó, se alegró de ver que Karly había conseguido acariciarle el cuello a la yegua.

–Creo que nos vamos entendiendo –anunció ella–. No parece enfadada conmigo.

–A mí me parece que estás haciendo buenas migas con ella.

–Sí. Las dos hemos acordado echarte la culpa a ti si cometo el error de hacer algo que a ella le parezca mal.

–Vaya, ¿por qué no me sorprende? –preguntó él mientras se acercaba con Boomer.

–Probablemente porque tú has sido el que ha insistido en que yo la monte –replicó ella mientras Blake le entregaba también las riendas de Boomer–. ¿Qué estás haciendo? –añadió con pánico en la voz.

–No te preocupes. Boomer se porta casi tan bien como Suede –dijo mientras entraba en la habitación en la que guardaban los aperos para tomar un rifle. No tenían muchos problemas con los animales salvajes, pero siempre era recomendable ir precavido por si acaso.

–Espero que te acuerdes de…

–Sí –le interrumpió él–. Sé perfectamente que si ocurre algo será todo culpa mía y que vas a martirizarme durante el resto de mis días –añadió riendo mientras deslizaba el rifle en la funda que tenía en la silla de Boomer. A continuación, tomó las riendas de la mano de Karly y sacó a los caballos del establo–. Supongo que es una suerte para todos los implicados que yo sea muy buen profesor.

–Y también es agradable saber que eres muy humilde al respecto –comentó ella.

Blake ató las riendas de Boomer a la valla del corral y se volvió a mirar a Karly.

–No estoy presumiendo, cielo. Es un hecho. Ahora, voy a ayudarte a subir a esa yegua para que puedas aprender a montar.

La aprensión de ella era aparente cuando puso el pie en el estribo, pero se cambió por una expresión de alivio cuando sacudió la cabeza y volvió a bajar el pie al suelo.

–Esto no va a funcionar.

–¿Por qué no?

–No me puedo subir a la silla con la rodilla debajo de la barbilla. Creo que vas a tener que ir a los pastos solo.

–Eso se arregla fácilmente –dijo Blake. Se colocó detrás de ella–. Si te agarras a la silla y tiras con fuerza, yo te empujaré por detrás.

El ofrecimiento había sido inocente, pero cuando le colocó la mano sobre el delicioso trasero para empujarla, se sintió como si la Tierra dejara de dar vueltas bajo sus pies. Sentir el cuerpo de Karly apoyado sobre sus manos le aceleró las hormonas en las venas. Rápidamente, la ayudó a subir a la silla y dio un paso atrás para recuperar el aliento. ¿Había perdido el poco sentido común que le quedaba? No debía esperar nada de aquella visita al rancho. Tan solo que ella le dijera qué era lo que le había hecho cambiar de opinión después de que se separaran en Las Vegas. Él aún estaba recuperándose de aquello. No quería volver a empezar algo con Karly. Por lo tanto, considerando el efecto que ella seguía ejerciendo sobre él, lo mejor sería que evitara todo contacto físico con Karly.

Si no lo había sabido antes, ya lo sabía después de aquel beso y de aquel contacto.

—Dios santo, qué lejos estoy del suelo —musitó Karly con voz temblorosa.

—Es un poco más alto que un poni, ¿no?

—Eso sería como comparar una casa de dos plantas con un rascacielos —replicó ella.

Blake se echó a reír y le entregó las riendas. Luego, agarró a la yegua por la brida y la condujo suavemente a través de las puertas del corral.

—Ahora, relájate y muévete con ella —dijo mientras le mostraba a Karly cómo descansar las botas sobre los estribos con los talones hacia abajo y las puntas hacia arriba—. Cuando te sientas lo suficientemente cómoda, suéltate de la silla.

—¡Qué fácil te resulta a ti decir eso! Tú tienes los dos pies firmemente sobre el suelo y no estás aquí arriba mirando la altura desde la que te vas a caer.

Blake sonrió y empezó a hacer pasear a Suede por el perímetro del corral.

–¿De verdad crees que te dejaría caer al suelo?

–Creo que intentarías impedirlo, pero, ¿y si no pudieras reaccionar lo suficientemente rápido o yo fuera demasiado pesada para ti?

Blake frunció el ceño y la miró.

–¿Viste que me fallaran los reflejos cuando me viste montar toros en Las Vegas?

–Bueno, no… pero…

–Entonces, ¿por qué crees que no podría sujetarte a ti si viera que te ibas a caer? Y, para que conste, he estado lanzando balas de paja que pesan más que tú desde que tenía catorce años. El día que tú peses demasiado para mí, será el día que me entierren.

–Pero, ¿y si…?

–No puedes dejar que todos los y síes de la vida te impidan vivirla, Karly –le interrumpió él. Soltó la brida de la yegua y siguió andando a su lado mientras volvían a dar una vuelta alrededor del corral–. Si no te arriesgas de vez en cuando, estás dejando pasar el tiempo. No estás viviendo.

Aquello era algo que su abuelo siempre le había dicho, y Blake estaba firmemente convencido de que era cierto. Esa era una de las razones por las que le había pedido a Karly que se casara con él tan rápidamente. Había sabido que la deseaba y que quería hacerla suya. También era la razón por la que quería que ella se quedara en el rancho mientras trataba de descubrir por qué Karly había querido divorciarse de él. Tal vez no le gustara el motivo, pero al menos sabría la razón por la que Karly había decidido que él no era el hombre de su vida.

Karly lo miró. Los dos sabían que él se refería a mucho más que simplemente montar a caballo. Sin embargo, ella no estaba dispuesta a hablar de ello ni él iba a presionarla sobre el tema por el momento.

Karly sonrió y por fin se encogió de hombros.

—Si no saliera de mi zona de confort de vez en cuando, no me habría subido a este caballo, ¿no te parece?

—Y lo vas a hacer muy bien montándola —comentó él mientras levantaba las dos manos para mostrarle que estaba montando sola a la yegua.

—¡Dios santo! —exclamó ella, a punto de caer presa del pánico.

—No tengas miedo. Solté a Suede después de la primera vuelta al corral y lo has hecho estupendamente. Cuando llegaron a la puerta, Blake la abrió y salió para soltar a Boomer mientras la yegua seguía caminando lentamente en el interior del corral.

—Blake…

—Solo voy a soltar a Boomer para poder cabalgar a tu lado —le dijo para tranquilizarla. Con un ágil movimiento, se subió a la silla y no tardó en alcanzar a Karly en el interior del corral—. Tengo que enseñarte algunas cosas más antes de que estés lista para salir del corral y empezar a montar campo a través.

—¿Estás seguro de que es buena idea? No me gustaría tener que pasarme toda la eternidad martirizándote.

—Correré el riesgo, cielo —comentó él, riendo.

Le mostró cómo guiar a la yegua tocándole tan solo ligeramente a ambos lados del cuello con las riendas y notó que, poco a poco, Karly se iba relajando. Parecía más cómoda en la silla y había empezado a moverse con la yegua en vez de estar más tiesa que un palo en la silla.

Cuando dieron tres vueltas más, Blake le indicó la puerta del corral.

–Ha llegado la hora.

–De verdad que no pienso que…

–Buena idea –replicó él con una sonrisa–. No pienses. Hazlo.

Cuando salieron del corral, Karly perdió de nuevo la seguridad en sí misma, pero parecía dispuesta a intentarlo, algo que Blake admiraba de ella. Tan solo le hubiera gustado que ella hubiera mostrado la misma predisposición a la hora de darle a su matrimonio una oportunidad.

Cuando llegaron a los pastos en los que los novillos se habían pasado el verano, Karly se sentía más segura de sí misma. Suede había demostrado ser muy dócil y cuando ella se relajó en la silla disfrutó mucho del paseo.

–¿Son estas montañas parte de las Rocosas?

–Sí. El macizo Laramie es parte de la zona este de las Rocosas –dijo mientras detenía su caballo para observar el ganado, que pastaba al otro lado del río.

Cuando Karly observó cómo inspeccionaba el ganado, comprendió que Blake había estado en lo cierto cuando decidió no mudarse a Seattle con ella. Blake Hartwell no era un hombre de ciudad. Se notaba que adoraba la vida en el rancho, estar con los animales y cuidar de ellos. Era tan rudo como aquella deliciosa tierra y no se lo podía imaginar viviendo en ningún otro lugar.

Mientras admiraba al hombre que le había robado el corazón hacía ya ocho meses, se percató del rifle que él había sujetado a la silla.

–¿Hay osos *grizzly* en la zona? –le preguntó.

–Osos negros, pumas y serbales, pero no *grizzlies*.

Aquel comentario dejó muy preocupada a Karly. Blake se dio cuenta y le aseguró:

–No te preocupes. Los felinos y los osos que hay en la zona no suelen abandonar las zonas más altas a menos que haya sequía o escasez de presas.

–¿Y qué les impide que estos novillos se conviertan en su próxima comida? –le preguntó Karly mientras observaba el ganado.

–Al contrario de los *grizzlies*, los osos negros no se molestan con presas tan grandes. Son oportunistas. Comen lo que tienen a mano. Raíces, bayas, insectos, carroña… Incluso comen basura o lo que se encuentren por el camino.

Karly se echó a reír.

–Ciertamente no son muy sibaritas con lo que comen. A veces, bajan de las montañas a uno de los barrios periféricos de Seattle y todo el mundo tiene que guardar los cubos de basura. Si no lo hacen, corren el riesgo de que los osos les esparzan la basura por todo el jardín, lo que suele aparecer en las noticias para que los demás vecinos tomen precauciones.

–Sí, a los osos les gusta la comida fácil. Sin embargo, los pumas son cazadores natos. Algunas veces tenemos problemas si alguno baja hasta aquí. Si vemos a uno o encontramos huellas demasiado cerca de las manadas o de las casas del rancho, llamamos al Servicio de Protección de la Fauna para que envíen a alguien que se ocupe de él.

–¿Para matarlo?

–No siempre. Primero intentan atraparlo para llevárselo a otro lugar más apartado. Sacrificar al animal es el último recurso y solo si es una amenaza para el ganado o las personas.

–¿Para eso llevas el rifle? ¿Por protección si uno de ellos representa una amenaza para nosotros?

–Sí. Siempre es mejor prevenir que curar. Ya te dije que te protegería a toda costa –añadió, dedicándole a Karly una mirada que la hizo echarse a temblar por dentro–. Te doy mi palabra de que, mientras quede aliento en mi cuerpo, no permitiré que te ocurra nada, Karly.

Aquella intensa promesa le quitó el aliento a Karly y le recordó el beso que habían compartido en el establo. Ninguno de los dos parecía querer reconocer que la química que había entre ellos y que ambos descubrieron en Las Vegas era muy fuerte. Mientras miraba los ojos castaños de Blake, ella tuvo que reconocer que nunca en toda su vida se había sentido más a salvo como en aquel momento.

Los dos permanecieron en silencio unos minutos más antes de retomar el camino en dirección al rancho. Karly no tenía duda alguna de que Blake la protegería de todos los peligros.

El corazón se le detuvo un instante al pensar lo difícil que le estaba resultando mantener las distancias. Blake se comportaba como el esposo que siempre había soñado a pesar de que ella le había presentado los papeles del divorcio. Cada vez le costaba más recordar por qué el divorcio era lo mejor para ambos.

Suspiró y lo miró de soslayo. Tal vez estaba dispuesto a defenderla de los depredadores a cuatro patas que pudieran atacarlos. Sin embargo, ¿quién iba a protegerla de la fuerza de la naturaleza que era Blake Hartwell?

Capítulo Cuatro

–Ya te dije que montar a caballo no era tan difícil como habías pensado –le dijo Blake con una sonrisa mientras la ayudaba a desmontar.

–Creo que tengo que apuntarme al gimnasio –comentó ella mientras golpeaba a Suede suavemente antes de alejarse de ella. Los gestos de dolor de Karly y su manera de andar revelaban que se había pasado demasiado tiempo en la silla la primera vez que montaba.

La sonrisa desapareció del rostro de Blake. ¡Qué falta de consideración por su parte! Los jinetes noveles necesitaban poner a punto los músculos de la espalda y los muslos montando trayectos cortos antes de pasarse largas horas en la silla. Si no era así, se experimentaban fuertes dolores, parecidos a los de un entrenamiento intenso. ¿Cómo era posible que no lo hubiera pensado?

Había tenido tantas ganas de mostrarle el rancho y su modo de vida que se había olvidado de que todo era nuevo para ella. Y, en aquellos momentos, Karly estaba pagando el precio de su falta de consideración.

–¿Por qué no te vas a casa y te relajas mientras yo me ocupo de los caballos? –sugirió él.

–Creo que aceptaré la oferta –respondió ella asintiendo–. Tal vez no esté en buena forma, pero tienes razón en lo de montar a caballo. No puedo creer que vaya a decir esto, pero me ha encantado.

Blake la observó mientras se dirigía hacia la casa. Si estuvieran en la casa grande, se aseguraría de que ella se diera un largo baño y luego le daría un masaje con un buen linimento. El cuerpo se le tensó al recordar lo suave que era su piel. Se imaginó recorriendo muslos y espalda. Luego le daría la vuelta y se hundiría…

–Eres un malnacido, Hartwell –musitó mientras cepillaba los caballos.

Karly estaba dolorida por su insistencia en que montara a caballo y las horas que le había hecho pasar en la silla. Los dos habían firmado los papeles del divorcio que ella quería solicitar. Sin embargo, en lo único en lo que podía pensar él era en el placer que sentiría al volver a hacerle el amor. Eso le convertía en un imbécil de marca mayor.

Respiró profundamente para aliviar la tensión. Evidentemente, Karly no quería que Blake la tocara, y si él quería conservar la poca cordura que le quedaba, no debía desearlo tampoco. Sin embargo, mientras no le pusiera las manos encima, no era mala idea llevarla a la casa grande para que se diera un buen baño que aliviara sus dolores.

Por supuesto, para ello debería presentarla a Silas. A Blake no le preocupaba que el viejo cocinero le dijera que él era el dueño del rancho. Sabía que, si le pedía a Silas que no dijera nada, el viejo se llevaría el secreto a la tumba. Sin embargo, presentarle al cocinero a la que pronto iba a ser su ex y ocultarle a ella ciertos datos iba a darle al viejo Silas mucha munición para futuros sermones, que Blake tendría que soportar hasta que Silas encontrara otro asunto sobre el que recriminarle.

Tras tomar su decisión, terminó de acondicionar a los caballos y tomó el teléfono móvil

—Voy a llevar a Karly a cenar a la casa grande —le dijo a Silas cuando el viejo respondió el teléfono.

—¿Significa eso que has decidido que soy lo bastante decente como para conocer a tu esposa? —le preguntó Silas con sarcasmo—. ¿Qué te ha hecho cambiar de opinión, muchacho? ¿Le has dicho por fin que eres el dueño de todo esto?

—Haces muchas preguntas…

—Bueno, si no las hiciera jamás me enteraría de nada —replicó Silas—. ¿Se lo has dicho?

—No.

—¡Maldita sea, muchacho! ¿Por qué no? —gruñó el viejo—. Yo creo que esa mujer tiene derecho a saber con quién se ha casado.

—Ya te dije que no quiero que mi dinero tenga influencia alguna en sus decisiones —replicó Blake irritado. Estaban teniendo la misma discusión que tenían cada vez que hablaban desde que Karly llegó a Wolf Creek.

—No todas las mujeres van buscando dinero como esa bruja con la que se casó tu padre o como la listilla que trató de cazarte diciendo que estaba esperando un hijo tuyo —insistió Silas—. Lo único que hizo esa mujer fue casarse contigo y lo hizo tan rápido que no debía de importarle que tuvieras millones o que no tuvieras un centavo.

Blake gruñó al recordar el episodio ocurrido hacía ya varios años. No le gustaba volver a revivir el infierno que pasó tratando de demostrar que no era el padre del hijo de Sara Jane Benson. Le había bastado con el hecho de darle una razón para acusarle. Había mujeres con las que un hombre podía divertirse y otras de las que era mejor salir huyendo. Sara Jane formaba parte de la última categoría.

Aquella noche, él estaba un poco bebido y enfadado por la negativa de su madrastra a venderle el rancho de su familia. A la mañana siguiente, se lamentó profundamente de lo ocurrido, pero un mes después, Sara Jane se presentó afirmando que la había dejado embarazada. Cuando descubrió por fin que Sara Jane había mentido y que ni siquiera estaba embarazada, se sintió profundamente aliviado. Se enfrentó con ella y Sara Jane admitió que todo había sido una treta para sacarle dinero. De este modo, el incidente le enseñó a Blake una lección muy valiosa. No volvería a dejar que nadie supiera que su familia era dueña de uno de los mayores ranchos del estado de Wyoming.

–Tal vez se casó conmigo muy rápido, pero se divorció a la misma velocidad. Se lo diré cuando sea el momento adecuado.

–¿Y cuándo va a ser? –insistió Silas–. Cuando más esperes, más posibilidades tienes de que se entere por otra persona.

–Hay pocas posibilidades de eso. Los hombres se marchan antes del alba para preparar las vallas y sé que puedo contar contigo para que no le digas nada.

–No soy yo quien se lo tiene que decir –afirmó Silas–, pero, ¿qué vas a hacer cuando la lleves a Rusty Spur para esa barbacoa pasado mañana? ¿Y si uno de los Laughlin se lo dice? ¿Qué vas a hacer entonces?

–Voy a llamar a Eli para contárselo todo antes de ir –afirmó Blake–. Ni Eli ni Tori le dirán nada.

Sabía que podía confiar en sus amigos. Eli Laughlin

y su esposa Tori tenían también una historia muy particular de cómo se conocieron y casaron, por no mencionar los obstáculos que habían tenido que superar por los secretos del pasado de Tori y los problemas que Eli tenía para confiar en otras personas.

Cansado de discutir con el viejo vaquero, Blake decidió que era hora de cortar la conversación.

–Pon la mesa. Estaremos allí dentro de quince minutos.

Cortó la llamada antes de que Silas pudiera seguir cuestionándole y respiró profundamente. Tal vez era muy irritante, pero Silas tenía razón. Karly se había casado con él porque quería hacerlo, no porque pensara que podía sacarle algo. Aunque estuvieran a punto de divorciarse, cada vez le estaba resultando más difícil encontrar motivos para ocultarle la verdad.

Un pensamiento le hizo detenerse en seco. ¿Podría haber decidido divorciarse de él porque pensaba justo lo contrario de él? ¿Acaso decidió cuando llegó a Seattle que él no ganaba el dinero suficiente para mantenerla a ella y a los hijos que tal vez habrían tenido algún día?

Blake sacudió la cabeza mientras entraba en la casa. Fuera como fuera, tenía que averiguar qué era lo que le había llevado a terminar su relación con él. Cuando lo supiera podría dejar atrás por fin aquel matrimonio. Hasta entonces, simplemente esperaría a ver qué era lo que podía descubrir.

Cuando Blake condujo su furgoneta por el camino asfaltado hacia la casa grande, Karly se quedó boquiabierta ante su tamaño y belleza.

—Es una casa preciosa –comentó. Le encantaba el modo en el que la casa y el paisaje se complementaban a la perfección. Ningún otro estilo de casa había encajado de un modo tan natural con el paisaje que la rodeaba.

—¿Te imaginas vivir en una casa así?

—¿Te gusta? –le preguntó Blake mientras aparcaba la furgoneta frente a la casa.

—¿A quién no le gustaría? –replicó ella. Se fijó que cerca de los escalones de entrada había una pequeña cascada que se vertía en un pequeño estanque. Parecía tan natural que ella tardó unos instantes en darse cuenta de que no lo era–. Es perfecta en todos los sentidos... –añadió. Entonces, frunció el ceño–. ¿No deberíamos entrar por la puerta trasera?

—¿Y por qué íbamos a hacer algo así?

—Bueno, no somos invitados del dueño y él...

—En estos momentos no está aquí y, aunque lo estuviera, no le importaría. Es un tipo muy relajado en estas cosas.

A Karly le costaba creer que al dueño del rancho no le importara que un empleado y la invitada de este se aprovecharan de su buena naturaleza.

—¿Y estás seguro de que no le importará que entremos como si fuéramos los dueños?

Blake se echó a reír y salió de la furgoneta para ir a ayudarla a ella.

—Te lo prometo, no le importa que nos sintamos como en casa mientras estemos aquí.

Cuando la ayudó a bajar de la furgoneta y la puso de pie en el suelo, le dejó un instante más de lo debido las manos en la cintura y la miró profundamente a los ojos. A ella se le hizo un nudo en la garganta y el pulso se le aceleró. Blake iba a volver a besarla y ella también lo deseaba.

Hipnotizada por la pasión que se reflejaba en sus ojos, Karly no pudo hacer nada más que mirarle mientras él bajaba la cabeza. Sin embargo, justo cuando pensaba que los labios de él iban a tocar los suyos, Blake dio un paso atrás y sonrió.

—Silas nos está esperando.

Karly no estaba segura de si se sentía aliviada o desilusionada de que él no la hubiera besado.

—¿Silas? —parpadeó.

—Sí, creo que es mejor que te avise —dijo mientras le rodeaba la cintura con el brazo y la conducía hacia la puerta de entrada—. Es el encargado de que la casa funcione y el cocinero también. Es descarado y en ocasiones desagradable, pero tiene un corazón de oro y te daría hasta su propia camisa si la necesitaras.

—¿Sabe… sabe lo nuestro?

Ella solo se lo había dicho a un par de sus amigas en el trabajo, pero Blake no había mencionado que se lo hubiera dicho a nadie.

—Sí. Ocultarle algo a Silas Burrows es prácticamente imposible. Pero no te preocupes. No dirá una palabra al respecto a menos que tú saques el tema.

Karly dudaba que eso fuera a ocurrir, pero se olvidó de todo lo referente a Silas Burrows cuando llegaron a la puerta principal, adornada por imágenes de osos y pinos. Cuando Blake la abrió y entraron al vestíbulo, Karly no podía creer lo que veían sus ojos.

—Esto es una verdadera mansión —dijo mientras lo atravesaban para dirigirse al salón.

A pesar de tener unos techos muy altos y una chimenea hecha de piedras del río, la sala resultaba tremendamente acogedora. Desde unos amplios ventanales, se podía disfrutar de una vista panorámica de las montañas, por lo que parecía que el salón formaba parte del paisaje.

–¿Te gusta? –le preguntó Blake.

Ella asintió mientras miraba a su alrededor. Incluso las paredes estaban hechas de troncos.

–Es preciosa.

–Te la enseñaré entera después de cenar.

–Me encantaría, mientras creas que al dueño no le va a importar.

–En absoluto –comentó Blake con una sensual sonrisa–. Te aseguro que no le importará lo más mínimo.

–La cena está lista, así que si la queréis caliente es mejor que vengáis enseguida.

Karly se dio la vuelta y vio a un hombre que parecía la viva imagen de un elfo. Tenía un espeso cabello canoso y una barba blanca, larga y tupida. Aunque llevaba vaqueros, los tirantes verdes y una camisa roja de manga larga le daban una apariencia muy similar a la de Papá Noel.

Los dos se acercaron a él y Blake realizó las presentaciones.

–Karly, te presento a Silas Burrows.

–Me alegro de conocerle, señor Burrows –replicó Karly extendiendo la mano.

Silas la miró fijamente durante unos instantes antes de dedicarle una amplia sonrisa y estrecharle la mano.

–Llámame Silas o Si –dijo mientras les indicaba a ambos que lo siguieran–. He preparado un guisado de carne para la cena. No es nada del otro mundo, pero está caliente y lo tengo en abundancia.

–Si sabe la mitad de bien que huele, estoy segura de que estará delicioso –comentó Karly cuando entraron en la cocina y el delicioso aroma del pan recién hecho y del humeante guisado se adueñaron de sus sentidos–. ¿Puedo ayudar en algo?

–En realidad, no queda mucho que hacer. Mientras corto el pan, voy a hacer que Blake nos sirva un buen vaso de té helado y ya estaremos listos para comer.

Blake la llevó hasta una amplia mesa y le sujetó la silla para que pudiera sentarse. Entonces, le susurró al oído:

–Parece que tienes un admirador.

–¿Qué quieres decir? –preguntó ella. Estuvo a punto de echarse a temblar cuando sintió el aliento de Blake rozándole la delicada piel de la oreja.

–Hacía mucho tiempo que no veía a Silas sonreír tanto. De hecho, creo que la última vez fue cuando la segunda esposa del dueño le vendió el rancho al hijo de él –entonces, le dio un beso en el cuello, como si fuera lo más natural del mundo.

Sobresaltada por aquella muestra de afecto, el corazón comenzó a latirle con fuerza contra el pecho. Mientras él cruzaba la cocina para servir las bebidas, trató de no pensar en lo que aquello podría significar. Para distraerse, miró a su alrededor. Le encantaba cocinar cuando tenía oportunidad de hacerlo y alguien con quien compartirlo. Si Karly tuviera una cocina como aquella, podría sentir la tentación de cocinar con más frecuencia.

Mientras los dos hombres terminaban de poner la comida en la mesa, ella se dio cuenta de lo hambrienta que estaba. Blake y ella habían tomado un almuerzo ligero antes de ir a los pastos, pero eso había sido casi siete horas antes.

Silas comenzó a servir los platos con el guisado. Entonces, se sentó y señaló el plato de Karly con el tenedor.

—Es mejor que comas, muchacha. Hay más si quieres —añadió con una sonrisa—. Y he preparado un pastel de chocolate de postre.

—Me aseguraré de dejar sitio para tomarme un trozo. Me encanta el chocolate.

Silas sonrió y asintió.

—A la mayoría de las mujeres les encanta —comentó.

—¿Y cómo sabes tú lo que le gusta a las mujeres? —preguntó Blake frunciendo el ceño.

—Vamos a ver, ¿por qué crees tú que los hombres regalan bombones el día de San Valentín, listo?

—Ni siquiera recuerdo que hayas tenido novia —dijo Blake.

—A ver si te vas a creer que no tuve novias en mis tiempos, jovencito. Hace cuarenta años, yo solía ser el favorito de las chicas.

Karly no pudo evitar soltar una carcajada al escucharlo. A pesar de la discusión, notó inmediatamente que los dos hombres se adoraban. Blake trataba a Silas como si fuera su tío más querido o su adorado abuelo, y resultaba evidente que él también lo adoraba.

Cuando terminaron de cenar y Silas les sirvió una porción del pastel de chocolate, a Karly le dolían los costados de tanto reír. No recordaba la última vez que se había reído tanto.

—¡Sois los dos muy divertidos! ¿Cuánto tiempo hace que os conocéis?

–Yo le conozco a él y a su hermano desde el día en el que nacieron –respondió Silas

–¿Tienes un hermano, Blake? –quiso saber Karly. Él no le había mencionado que tuviera ningún hermano, aunque en realidad no habían hablado de sus familias ni se habían dado muchos detalles de sus vidas cuando estaban en Las Vegas.

–Sí. Sean es un par de años mayor que yo.

–¿Y vive cerca?

Karly se preguntó cómo sería tener un hermano que compartiera recuerdos y vivencias de familia. Al ser hija única, era algo que ella nunca había experimentado, y no podía evitar sentir que se había perdido algo muy importante.

–Sean tiene un rancho unos treinta kilómetros al norte, al otro lado de la montaña –respondió Blake mientras llevaba los platos vacíos al fregadero.

–Debe de haber sido maravilloso tener a alguien con quien jugar cuando eras pequeño –dijo ella con nostalgia–. Yo siempre quise tener un hermano o una hermana, pero supongo que no era mi destino que así fuera.

Mientras Silas cargaba el lavavajillas, Blake sirvió café para todos y se volvió a sentar a la mesa con Karly.

–¿Eres hija única?

–Parece que en diciembre no hablamos mucho –admitió ella, asintiendo.

Blake la miró por encima de la taza. Luego, la dejó sobre la mesa y le agarró una mano a Karly.

–Hay muchas cosas de las que deberíamos haber hablado, pero no fue así.

El tacto de aquella mano callosa en la de ella le hizo experimentar sensaciones que le hicieron desear que las cosas hubieran sido de otra manera entre ellos. Para no ceder a aquel anhelo, apartó la silla de la mesa.

–Yo… Supongo que debería ayudar a Silas con los platos –dijo. Tenía que poner distancia entre ambos para poder recuperar la perspectiva.

No había viajado hasta allí para que volviera a prender la llama de lo que habían compartido en Las Vegas. Había ido a finiquitarlo de una vez por todas. Sin embargo, ya no estaba tan segura como en Seattle. El hecho de pensar en terminar con él después de aquellos maravillosos días le daba ganas de llorar, aunque no sabía exactamente por qué.

Cuando hizo intención de levantarse de la silla, notó que tenía los músculos de los muslos tan rígidos y doloridos que las piernas amenazaron con no sostenerla.

–No debería haber permanecido sentada tanto tiempo –dijo mientras se erguía muy lentamente.

–Hay otra razón por la que quería que vinieras aquí –anunció él, llevándola de nuevo hacia el salón–. Te sentirás mejor después de estar un ratito en el jacuzzi.

Karly se detuvo en seco.

–Blake, ¿has perdido el juicio? No me puedo meter en el jacuzzi.

–¿Y por qué no?

–En primer lugar, no tengo nada que ponerme –dijo señalando el enorme patio que había en el exterior–. En segundo lugar, porque por muy buena persona que sea el dueño de este rancho, no creo que le guste que alguien a quien no conoce se bañe en su jacuzzi.

–Te aseguro que no le importará, cielo –le aseguró Blake mientras la sacaba al exterior–. Tengo vía libre aquí, lo que significa que tú también. Puedes quitarte la ropa y meterte un rato en el jacuzzi sin que a nadie le importe.

–No me pienso meter desnuda en el jacuzzi de un desconocido –protestó ella mirando a su alrededor. Si allí había un jacuzzi, ella no lo veía por ninguna parte.

El sol ya se había puesto. Las luces que iluminaban el jardín y la piscina le daban un aspecto tropical. El agua caía en la piscina desde una cascada. Karly se dio cuenta de que el jacuzzi estaba colocado detrás de la cortina de agua, como si estuviera dentro de una cueva.

–¿Ves? Es completamente privado. Y te prometo que te ayudará a aliviar las agujetas que tienes.

–El dueño… –insistió ella a pesar de que la idea le sonaba a música celestial.

–Al dueño no le importará –le interrumpió él. Agarró un par de toallas que había en una hamaca.

–¿De dónde han salido esas toallas? –le preguntó Karly. Estaba empezando a darse cuenta de que él lo tenía todo planeado desde un principio.

–Las saqué cuando llegamos aquí –respondió él muy orgulloso de sí mismo–. Fue cuando estabas inspeccionando la cocina.

–Planeaste todo esto cuando me invitaste aquí a cenar –le acusó ella.

Blake asintió y sonrió.

–Ahora, quítate la ropa y métete en el agua.

Capítulo Cinco

Al ver que Karly lo miraba con desaprobación, Blake frunció el ceño.

−¿Qué pasa?

−No pienso quitarme la ropa delante de ti −afirmó ella mientras se cruzaba de brazos con obstinación, colocándolos debajo de los pechos.

Blake trató de no recordar lo perfectamente que aquellos senos le cabían en las manos ni la rápida respuesta de los pezones cuando los estimulaba con la yema del pulgar. Evidentemente, no se había parado a pensar en el efecto de la tentación que ella supondría cuando se le ocurrió la idea del jacuzzi.

−¿Por qué no? −le preguntó sonriendo y tratando de olvidarse de los encantadores pechos de Karly−. Hicimos mucho más que quitarnos la ropa en Las Vegas, y no recuerdo que eso supusiera un problema para ninguno de los dos.

Si las miradas pudieran matar, Karly le habría asesinado allí mismo.

−Era diferente…

−¿Cómo?

−Estábamos casados.

−Al principio no. Recordarás que me choqué contigo en el vestíbulo del hotel el lunes por la mañana, justo cuando tú llegabas −comentó él con una sonrisa−, y te hice el amor por primera vez aquella misma noche. No nos casamos hasta el sábado por la mañana.

–De eso hace ya mucho tiempo –dijo ella suavemente.

–En realidad, no –susurró él mientras le cubría la mejilla con la palma de la mano–. Cielo, seguimos casados y yo seré tu esposo hasta que un juez diga que no lo soy. No hay razón para que te sientas tímida conmigo.

La expresión del rostro de Karly se suavizó un poco, pero aparentemente no iba a ceder con facilidad.

–Hace más de ocho meses que no hemos estado juntos, Blake. Y dentro de tres meses estaremos divorciados.

En los ojos de Karly se adivinaba una tristeza que él no había esperado. ¿Acaso estaba lamentando su decisión?

El hecho de pensar que ella pudiera estar teniendo dudas le aceleró la respiración a Blake, aunque él no quiso pensar por qué. Sin embargo, rápidamente decidió que era bastante improbable que ella hubiera cambiado de opinión. Solo porque se lamentara de lo ocurrido después de que se marcharan de Las Vegas no significaba nada. A la luz de las decisiones que ella había tomado y del modo en el que habían salido las cosas, Blake también tenía sus dudas de que las cosas hubieran salido bien entre ellos.

Tratando de no bajar la cabeza para besarla, le colocó la mano en el costado.

–Sígueme. Hay una entrada en el lateral de la catarata. Si entras por ahí no te mojarás el cabello.

Cuando llegaron junto al jacuzzi, Blake apretó un

interruptor y encendió las luces que había bajo el agua del jacuzzi.

–Puedes dejar la ropa ahí para que no se te moje –comentó mientras le indicaba una hamaca que había a poca distancia. Entonces, se puso de espaldas a ella–. Dime cuándo me puedo dar la vuelta.

–Sigo sin poderme creer que a tu jefe no le importe que alguien utilice su jacuzzi sin permiso.

Blake se disponía a decirle que se estaba empezando a repetir como un loro, pero las palabras se le atascaron en la garganta cuando oyó que ella empezaba a desnudarse. Vio que los pantalones y la camiseta caían sobre la hamaca, seguidos poco después de las braguitas y del sujetador. Saber que estaba desnuda como el día que nació hizo que se le subiera la tensión.

Al oír que ella se metía en el agua, sintió que la frente se le llenaba de sudor. Recordó haberle secado las gotas de agua de la sedosa piel cuando se ducharon juntos. Apretó los dientes y trató desesperadamente de pensar en otra cosa que no fuera el esbelto y húmedo cuerpo de Karly.

–Dios Santo qué gusto… –dijo–. Ya te puedes dar la vuelta.

Blake dio las gracias al cielo por haber apagado las luces sumergidas para que Karly no pudiera ver la evidencia de lo mucho que ella seguía afectándolo. Se sentó en la hamaca y se tomó su tiempo para quitarse las botas y los calcetines. Tal vez si tardaba un poco en meterse en el agua con ella, podría volver a recuperar el control. Cuando se puso de pie para desabrocharse el cinturón y soltarse el botón de los vaqueros, le pareció que ella gemía suavemente.

–¿Te encuentras bien? –le preguntó mientras se bajaba la bragueta para quitarse pantalones y calzoncillos.

No pudo evitar soltar una carcajada cuando Karly provocó una pequeña ola en el jacuzzi al darse la vuelta rápidamente para no ver cómo él se desnudaba.

–Estoy… estoy asombrada de lo maravillosa que es esta agua tan cálida.

–Creo que estarás de acuerdo conmigo en que lo del jacuzzi ha sido una buena idea –dijo él.

Sabía que aquella no era la verdadera razón para el gemido, pero prefirió no decir nada. Señalar que ella no era más inmune a él en aquellos momentos de lo que lo había sido en Las Vegas solo conseguiría ponerla a la defensiva y evitar que él pudiera averiguar la razón por la que había cambiado de opinión sobre ellos.

Cuando terminó de quitarse la ropa, se sintió un poco más en control con su cuerpo, por lo que se acercó al borde del jacuzzi y se metió en las burbujeantes aguas. Se sentó al lado de Karly y cerró los ojos. Respiró profundamente, sintiendo cómo el agua trazaba círculos a su alrededor. Saber que el cuerpo desnudo de Karly estaba a pocos centímetros del suyo estaba a punto de dar al traste con sus buenas intenciones.

–Es un jacuzzi un poco peculiar –comentó ella–. Creo que nunca he visto uno hecho de piedras. Parece tan natural…

Blake asintió y abrió los ojos.

–El dueño le dijo al que diseñó la piscina lo que quería y se la hicieron así.

–Pues fuera quien fuera el que la diseñó, hizo un maravilloso trabajo –dijo ella mirando hacia la cortina de agua que los separaba de la piscina–. Parece que estamos en un paraíso tropical.

–Estoy seguro de que esa era la intención –afirmó Blake sonriendo.

El hecho de que a Karly le gustara su casa y la atención a los detalles que Blake había puesto en todo le gustaba más de lo que nunca hubiera pensado. El hecho de que le hubiera gustado compartir aquel lugar con Karly durante el resto de sus vidas hacía que la aprobación de ella resultara agridulce.

Decidió que era un buen momento para tratar de obtener respuestas sobre la razón por la que ella había cambiado de opinión.

–¿Siempre has vivido en Seattle?

Ella lo miró perpleja.

–¿A qué viene esa pregunta?

–Solo es curiosidad –dijo él encogiéndose de hombros. No quería que ella pensara que la estaba interrogando. Hacerle las preguntas que no le había hecho en Las Vegas era una buena manera para no pensar que ella estaba completamente desnuda.

–Pues, para satisfacer tu curiosidad, nací en Nueva York y, a excepción de los pocos años que pasé en una pequeña ciudad del Medio Oeste, me crie allí. Por lo que dijiste de ir a la escuela en Eagle Fork, supongo que siempre has vivido por aquí.

–Sí. Supongo que el paseo en poni ocurrió en esa pequeña ciudad.

–Así es –comentó ella riendo–. No creo haber visto una feria en Manhattan en toda mi vida.

–¿Por qué se mudó tu familia de ciudad?

–Mi padre era ingeniero industrial y la empresa

para la que trabajaba lo envió a estudiar y mejorar la productividad de una de sus fábricas. A él le encantaba el Medio Oeste, pero mi madre lo odiaba.

–¿Y tú? ¿Qué opinión te merecía?

–A decir verdad, yo era demasiado joven para tener una opinión a favor o en contra –comentó ella–. Cuando mi madre decidió que se había cansado de vivir allí, me llevó de vuelta a Nueva York, y ahí se acabó todo.

–¿Tus padres se divorciaron?

–Sí. Desgraciadamente, solo vi a mi padre en un par de ocasiones después de que nosotras nos mudáramos. Murió en un accidente de coche un año después del divorcio.

Sin pensárselo ni un segundo, Blake le rodeó los hombros con un brazo y la estrechó contra su cuerpo.

–Lo siento mucho, Karly. Sé bien lo duro que es eso. Yo perdí a mi madre cuando tenía diez años.

–Yo solo tenía seis cuando murió, y lo único que recuerdo de él era que me llevaba a comprar helado más a menudo de lo que mi madre quería –susurró ella con voz sombría. Se notaba que a ella le molestaba no poder recordar al hombre que le había dado la vida.

–Los padres tienden a hacer cosas que las madres preferirían que no hicieran –observó él entre risas–. Recuerdo una ocasión en la que mi madre se lo hizo pasar bastante mal a mi padre por habernos llevado a mi hermano y a mí a la feria y habernos dejado comer tantas mazorcas de maíz y algodón dulce que luego estuvimos dos días vomitando.

–A mi madre no le asustaba tanto que cayera enferma como que engordara –explicó ella–. Martina Ewing era editora de una de las principales revistas de moda antes de que nos mudáramos al Medio Oeste, y estaba decidida a que yo también formara parte de ese mundo –recordó ella sacudiendo la cabeza–. Jamás se le ocurrió que no podría querer hacer otra cosa.

–¿Volvió tu madre a retomar su trabajo cuando regresasteis a Nueva York? –le preguntó Blake cuando ella quedó en silencio. Presentía que podría haber algo sobre el divorcio de sus padres que pudiera ser relevante con su propia situación, pero no podía precisar exactamente qué.

–Lo intentó, pero llevaba el tiempo suficiente alejada de ese mundo y había perdido su lugar –respondió Karly–. Culpó a mi padre por la pérdida de su empleo y jamás le perdonó por ello.

Los dos quedaron en silencio unos minutos. Blake comprendió sin ningún género de dudas que los problemas matrimoniales de sus padres habían ejercido una gran influencia en Karly. No estaba seguro de cómo habían afectado su decisión de presentar el divorcio, pero tenía intención de descubrirlo.

Mientras estaba allí, preguntándose por los motivos, una cosa se hizo muy clara. Estaba sentado en un jacuzzi con el cuerpo desnudo de Karly muy cerca del suyo. La suave luz de la cascada iluminaba suavemente aquella pequeña estancia, lo que acrecentaba la intimidad del momento. La reacción de Blake no solo fue previsible, sino también inevitable.

Casi sin pensar en las consecuencias, Blake estrechó a Karly entre sus brazos y bajó la cabeza. Sentir el cuerpo húmedo de ella contra el suyo le provocó una sensación increíble, pero, en el momento en el que sus labios se tocaron, un fuego ardiente se le prendió en el vientre y le licuó rápidamente las venas. Brevemente se preguntó cómo podía arder de aquella manera mientras estaba sentado en el agua.

Cuando ella suspiró y le rodeó el cuello con los brazos, a Blake ni siquiera se le ocurrió resistirse a profundizar el beso. Comenzó a acariciar la lengua de ella con la suya. El dulce sabor y la ansiosa respuesta solo acrecentaron la necesidad que estaba creciendo en su interior. Fue como si nada hubiera cambiado entre ellos desde que estuvieron en Las Vegas. Blake la deseaba tanto como entonces y notaba que a ella le ocurría lo mismo.

Desgraciadamente, el momento no era el adecuado. Si le hacía el amor allí mismo, ella podría decidir marcharse del rancho sin permitirle llegar al fondo de lo que había ido mal entre ellos. Además, carecía de anticonceptivos, dado que no había ido al jacuzzi con ella con la intención de seducirla. Un embarazo no deseado solo añadiría dificultades a una situación ya muy complicada.

Rompió el beso y la tomó entre sus brazos. Se sentía muy excitado y, como sabía que no había barreras entre los cuerpos de ambos, la decisión de apartarse de ella no fue fácil.

—Creo que probablemente sea hora de que salgamos del jacuzzi y nos marchemos a la casa de capataz —dijo sin muchas ganas.

—Yo… creo que tienes razón —repuso ella mostrando pocos deseos de hacer lo que dictaban sus palabras.

Blake se reclinó hacia atrás y observó los increíbles ojos azules de Karly.

—Karly, ¿qué…?

Se detuvo en seco cuando iba a preguntarle qué era lo que había pasado para que cambiara de opinión.

–Iré yo a vestirme primero. Luego te esperaré junto a la piscina.

–Buena idea –afirmó ella–. Gracias.

Blake maldijo su nobleza y salió del jacuzzi antes de que cambiara de opinión. Se secó rápidamente y se vistió. Entonces, recogió sus botas y sus calcetines y se dirigió hacia la piscina sin mirar a Karly, que seguía sentada en el jacuzzi. Si hubiera mirado atrás, no estaba seguro de haber podido alejarse de ella.

Se sentó a los pies de una de las hamacas y se calzó. No dejaba de repetirse que estaba haciendo lo correcto. Hacerle el amor a Karly solo empeoraría las cosas cuando ella se marchara al cabo de unos pocos días. Sin embargo, ese razonamiento no le sirvió de nada para aminorar la necesidad que sentía de ella y que aún le ardía en el vientre.

Se levantó y respiró profundamente. Era mejor que afrontara los hechos. La deseaba. Nunca había dejado de desearla. Se frotó la nuca, imaginándose todas las duchas frías que le esperaban en un futuro cercano. La primera sería aquella misma noche, en cuanto regresaran a la casa del capataz.

–Blake, creo que me marcharé en coche a Lincoln County mañana por la mañana después de desayunar –dijo Karly mientras se marchaban de la mansión.

–Pensaba que ya lo habíamos hablado –replicó él–, y que ibas a esperar hasta que terminara la huelga para volar a Spokane.

–Simplemente creo que sería lo mejor –afirmó. No quería admitir en voz alta que estaba en peligro de caer bajo el embrujo de Blake una vez más.

Sentada en el jacuzzi junto a él, abrazada a su cuerpo, había estado a punto de perder el control. A pesar de la tenue luz de la pequeña cueva, los recuerdos habían completado el rompecabezas. Mentalmente, había recordado perfectamente su cuerpo, cada músculo, cada planicie y cada llanura del espectacular físico de Blake. Recordar cómo sus fuertes brazos la habían sostenido y lo dulcemente que él le había hecho el amor había sido abrumador para ella y había temblado al sentir una oleada de deseo recorriéndole todo el cuerpo.

–Sé que no debería haberte besado –susurró él–, ni en el establo ni en el jacuzzi, pero me apetecía y no pienso disculparme por ello.

Karly no podía dejarle cargar con las culpas en solitario.

–No me habrías besado si yo no te lo hubiera permitido.

Blake se echó a reír.

–Sí. Noté que tú no protestabas.

–Ese es el problema –suspiró ella–. Debería haberlo hecho.

–¿Y por qué no lo hiciste?

–Yo… quería que tú me besaras –admitió.

–Pero no querías desearlo, ¿verdad?

–No.

–Cielo, no está mal que una esposa desee que su marido la bese –dijo Blake mientras le agarraba la mano. En el momento en el que las palmas se tocaron, Karly experimentó una deliciosa sensación que le subía por el brazo. Hizo todo lo posible por ignorarla y trató de centrarse en lo que él le había dicho.

—Ese es el problema, Blake. Dentro de tres meses, estaremos divorciados. No debería querer que me besaras. Ya no.

Blake le apretó ligeramente la mano.

—¿Te has preguntado por qué te ocurre eso?

Aquella pregunta la tomó por sorpresa pero, mientras trataba de encontrar una respuesta, decidió que probablemente no era muy sensato profundizar demasiado en la razón por la que ella buscaba el afecto de Blake. Estaba segura de que, si seguía haciéndolo, no se sentiría del todo cómoda con la respuesta.

—Solo vas a estar aquí unos días más, Karly —dijo él—. Te doy mi palabra de que no va a ocurrir nada entre nosotros a menos que tú lo quieras. Sin embargo, no voy a mentirte y decir que no lo deseo.

Mientras la furgoneta seguía avanzando hacia la casa del capataz, Karly pensó en lo que Blake acababa de decirle. ¿Qué era lo que ella deseaba?

Hacía ocho meses, había estado completamente segura de estar tomando la decisión correcta cuando aceptó la proposición de matrimonio de Blake. En aquel momento, había estado segura de que se casaba con él porque le quería y porque deseaba pasar con él el resto de su vida. No obstante, cuando regresó a Seattle, su lado más práctico le ganó la partida. Fue entonces cuando supo que lo mejor para ambos era terminar su relación.

Había cuestionado que se enamorara de él tan rápidamente y temía que los sentimientos que sentían el uno por el otro no duraran. Luego pensó en sus padres.

Su madre había estado muy enamorada de su padre pero, al final, no había bastado. Se había convertido en un ser amargado y resentido y Karly había tenido que soportar aquella amargura.

A Karly le encantaba su trabajo, le gustaba mucho viajar a otros países y temía que la vida en el rancho no fuera tampoco bastante para ella. ¿Podría ser feliz siendo tan solo la esposa de un capataz de rancho cuando lo único que ella había conocido era la vida en una gran ciudad?

Cuando se marchó de Seattle, había estado totalmente segura de que deseaba divorciarse de él. Sin embargo, al verlo, al estar a su lado, al comprobar cómo él la trataba como si fuera su esposa, las dudas habían vuelto a adueñarse de ella.

Podría haber mantenido la situación en perspectiva si no se hubiera visto retenida en el rancho por la huelga. Habría regresado a Washington, habría entregado los papeles del divorcio y habría vuelto a su trabajo con la seguridad de que estaba haciendo lo correcto.

El problema había venido al volver a ver a Blake, al estar entre sus brazos y al experimentar la magia de sus besos. Todo ello le recordaba a lo que tanto había deseado cuando le dio el sí, quiero, en Las Vegas.

¿Y si su razonamiento no era acertado? ¿Y si al insistir en el divorcio estaba cometiendo el mayor error de su vida? ¿Le daría Blake una segunda oportunidad si ella optaba por tratar de conseguir que su matrimonio funcionara?

Miró a Blake. Acababa de aparcar la furgoneta frente a la casa del capataz. Tal y como la abrazaba y la besaba, parecía dispuesto a revivir de nuevo lo que habían encontrado en Las Vegas. Sin embargo, no había mencionado en ningún momento que quisiera que ella cambiara de opinión. Ni siquiera había protestado al firmar los papeles del divorcio.

Suspiró cuando él se bajó de la furgoneta para abrirle la puerta. Ya no estaba tan segura como lo había estado al llegar al rancho. La única manera de descubrir lo que sentía era permanecer con Blake en el rancho y ver si el tiempo la ayudaba a resolver su dilema.

Capítulo Seis

El domingo por la mañana, cuando Blake regresó a la casa del capataz después de ir a recoger el desayuno al barracón, Karly ya estaba sentada a la mesa, esperándole.

—Pensaba que aún estarías dormida —dijo él mientras lo colocaba todo sobre la isleta de la cocina.

—El teléfono me despertó —replicó ella con voz pensativa.

Blake notó que tenía las manos muy apretadas encima de la mesa, tanto que los nudillos estaban blancos. Parecía preocupada por algo.

Blake se acercó a ella y le tomó las manos entre las suyas. Después, la obligó a levantarse.

—¿Qué es lo que pasa?

En vez de apartarse de él, tal y como Blake había pensado que podría ocurrir, Karly le rodeó la cintura con los brazos y apoyó la cabeza contra su pecho.

—La huelga del aeropuerto de Dénver ha terminado. La aerolínea me ha conseguido un vuelo mañana por la mañana.

No parecía muy contenta al respecto. Blake lo tomó como señal de que, a pesar de lo que ella había dicho la noche anterior, quería quedarse con él un poco más de tiempo. Eso le parecía perfecto. Se dijo que le parecía bien porque aún no había descubierto lo que le había hecho a ella cambiar de opinión sobre ellos. Sin embargo, si era absolutamente sincero consigo mismo, tendría que admitir que quería pasar más tiempo con ella antes de que tuvieran que separarse para siempre.

–No tienes por qué marcharte –dijo colocándole el índice debajo de la barbilla para que ella levantara la cabeza y lo mirara a los ojos–. ¿Por qué no te quedas unos días más?

–No puedo permitirme faltar a trabajar –respondió ella–. Solo me quedan un par de días de vacaciones y los necesitaré para ir a Lincoln County a presentar los papeles del divorcio…

A Blake le pareció que dudaba al pronunciar la última palabra, lo que le llevó a pensar si estaría cuestionándose su decisión.

–¿Puedes trabajar desde aquí?

–¿Quieres decir a distancia?

–Sí. La señal de Internet aquí es buena, pero es mejor en la casa grande. Podrías trabajar desde allí.

–Por muy bueno que sea tu jefe, estoy segura de que no le gustará que una desconocida utilice su banda ancha.

Blake se encogió de hombros.

–Como te he dicho, no está aquí en estos momentos. Cuando pidió que le instalaran Internet, se aseguró de que fuera de uso ilimitado, sin restricciones –explicó. Omitió a propósito que él mismo era uno de los principales accionistas de la empresa.

Karly pareció dudar un instante.

–No me he traído el ordenador.

–Eso no es problema –replicó él con una sonrisa. Sabía que ella estaba considerando seriamente aquella proposición y estaba decidido a convencerla para que se quedara más tiempo en el rancho–. Puedes usar el mío.

–¿Estás seguro? Tal vez tengas algo dentro que consideres privado.

–No. Solo lo uso para almacenar datos del ganado y controlar las cabezas que vamos a llevar al mercado. El disco duro tiene espacio más que suficiente para lo que tú tengas que hacer. Si necesitas un programa especial, podemos descargarlo.

–Tendré que llamar a mi oficina el martes por la mañana para explicar que voy a trabajar desde aquí durante unos días –dijo–. Ya lo he hecho en el pasado, así que no debería representar un problema. Tendré que enviar un correo a una de mis compañeras para que me envíe un par de archivos que necesito.

–Pues decidido entonces –anunció él. Se negaba a reconocer lo importante que era para él que Karly se quedara unos días más–. Después del desayuno, iremos a la casa grande para organizarlo todo en el despacho.

Karly frunció el ceño.

–Blake, sé que dice que a tu jefe no le importará, pero estoy segura de que sí le molestaría que yo utilizara su despacho.

–Hay un escritorio en uno de los dormitorios –repuso él pensando con rapidez–. Simplemente nos mudaremos a la casa grande para que tú puedas trabajar desde allí.

–Eso es peor aún, Blake. No nos podemos mudar a la casa de tu jefe. ¿Quién es ese hombre y por qué insistes tanto en aprovecharte con tanta frecuencia de su buena voluntad?

Blake respiró profundamente. Debería decirle la verdad. Se había acorralado y nadie era culpable más que él. Si le decía que él era el dueño de Wolf Creek, ella pensaría que había estado jugando con ella y tomándola por tonta o, peor aún, que había estado tratando de ocultarle su fortuna por el divorcio. Sin embargo, cuanto más esperara, peor iba a ser cuando ella lo descubriera.

Decidió que era mejor refrenarse un poco mientras trataba de encontrar el mejor momento para confesarle la verdad a Karly.

–Tienes razón. No queremos aprovecharnos de él mientras no esté en el rancho. Sin embargo, sé que hay un lugar que no le importará que uses.

–¿Dónde está? –preguntó ella. Afortunadamente, parecía haberse olvidado de querer saber quién era el dueño del rancho, al menos por el momento.

–Hay una mesa en la biblioteca que sería perfecta para que pudieras trabajar –comentó mientras acariciaba suavemente el cabello de Karly–. Allí no hay ruidos y no tendrás que preocuparte porque alguien pueda interrumpirte o porque a mi jefe le pueda importar que la utilices –añadió. Bajó la cabeza para rozar los labios perfectos de Karly con los suyos–. Cuando quieras parar para almorzar, lo único que tienes que hacer es ir a la cocina y Silas te preparará algo de comer.

Incapaz de resistirse, cedió a la tentación y la besó. Sabía que estaba jugando con fuego y que seguramente saldría abrasado por el fuego que sentía por ella. Sin embargo, no parecía poder controlarse cuando estaba cerca de Karly. Había sido así en Las Vegas y así era allí en el rancho. Cuando estaba con ella, en lo único en lo que podía pensar era en besarla y hacerle el amor hasta que los dos se desmoronaran por el placer de estar juntos.

Cuando profundizó el beso, ella le rodeó el cuello con los brazos y se fundió contra su cuerpo. Las suaves curvas de Karly se moldeaban contra el deseo de Blake. La dulzura que emanaba de ella le aceleraba los latidos del corazón como si fuera un tambor. Ninguna otra mujer había encajado tan perfectamente con él ni había respondido de igual manera ante sus besos.

Karly gimió suavemente y se acurrucó contra él. En ese momento, Blake comprendió que había notado su erección a través de la tela del pantalón. El hecho de que ella lo deseara tanto como él disparó la adrenalina en su cuerpo a la velocidad de la luz. Fuera lo que fuera lo que había provocado que ella deseara terminar con su breve matrimonio no tenía nada que ver con el deseo que sentía por él. Era tan fuerte, si no más, de lo que lo había sido cuando se casaron en aquella pequeña capilla de Las Vegas.

Le resultaba casi imposible resistir el deseo de desnudarla y hacerle el amor allí mismo en la cocina, por lo que se obligó a apartarse de ella.

—Cielo, por mucho que yo quisiera llevar esto hasta una conclusión satisfactoria para ambos, creo que es mejor que nos tomemos un respiro.

Las delicadas mejillas de Karly se habían sonrojado por la pasión, Blake presintió que, si no hubiera detenido lo que estaba a punto de ocurrir, ella seguramente no lo habría hecho. Fue entonces cuando supo sin sombra de dudas que lo más probable sería que hicieran el amor antes de que ella se marchara. Y pronto.

–Yo... sí... Iré a por los platos y a por las tazas –murmuró ella.

Mientras Karly iba a por todo lo que necesitaban para desayunar, Blake respiró profundamente y preparó dos platos de beicon, huevos revueltos y patatas sobre la mesa, junto con el termo del café. ¿Cómo demonios podía sentir un hombre que había hecho lo correcto y, al mismo tiempo, lamentarlo?

No estaba seguro, pero sabía que necesitaba sincerarse con Karly y decirle que él era el dueño del rancho antes de que las cosas progresaran más entre ellos. Karly era una mujer inteligente y ya había empezado a cuestionar que Blake se aprovechara de su misterioso jefe de aquella manera. Solo era cuestión de tiempo que ella lo descubriera todo o que alguien se lo dijera.

Lo peor de todo era que las razones de Blake para mantenerlo en secreto cada vez tenían menos sentido, incluso para él.

Karly estaba sentada en la mesa de la biblioteca de la mansión rodeada de las estanterías repletas de libros que alineaban la sala. Los gustos del dueño eran bastante eclécticos e incluían manuales, novelas, autobiografías firmadas por algunos de los mejores autores de los últimos cien años.

Mientras miraba a su alrededor, sonrió. Al contrario de muchas bibliotecas, que tenían un ambiente sombrío y pesado, la sala resultaba acogedora y cómoda. Se imaginaba pasando allí horas y horas de días lluviosos o nevados, acurrucada con un buen libro sobre el cómodo sofá que estaba situado frente a la chimenea.

Se levantó para acercarse a una de las ventanas y contemplar el paisaje. Tras haber visitado el rancho, comprendía por qué Blake le había dicho que no podía marcharse de allí para vivir en una gran ciudad. La tierra era muy hermosa y, aunque a ella le gustaba también la zona de Seattle, no podía disfrutar de las montañas desde la ventana de su apartamento. Si quería disfrutar del paisaje, tenía que tomar un ferry o salir de la ciudad.

Sin embargo, allí en el rancho Wolf Creek, todas las ventanas tenían una vista espectacular de las Laramie. La naturaleza se podía vivir tan solo con abrir la puerta.

Suspiró. Cuando regresó a Seattle después de la precipitada boda, había creído que vivir tan lejos de una ciudad terminaría con su matrimonio. Incluso se había convencido de que estaba haciendo lo mejor para ambos y que los dos sufrirían menos dolor terminando la relación en sus inicios que después de unos años de convivencia.

Tenía que admitir que, aunque sus conclusiones tenían sentido, no eran su única motivación para querer el divorcio. La razón principal era que se negaba a marcharse con su esposo a vivir en el rancho por miedo, no porque él pudiera fallarle a ella, sino que ella pudiera fallarle a él.

Tenía miedo de que terminara sintiendo por Blake lo mismo que su madre había sentido por su padre. No iba a permitir que algo así les ocurriera a ellos. Sentía demasiado por Blake como para culparle de cosas sobre las que él no tenía control alguno.

Martina Ewing se había convertido en una mujer amargada y resentida cuando regresó a Nueva York y vio que había perdido su lugar en el mundo de la moda. Hasta su muerte, que ocurrió hacía tan solo unos pocos años, había culpado al padre de Karly por la pérdida de su carrera, por su infelicidad y todo lo desagradable que le ocurría en la vida. Había seguido culpándole de todo a pesar de que llevaban mucho tiempo divorciados. Karly algunas veces se había preguntado si su madre culpaba a su padre también de haberle dejado una hija de la que ocuparse.

No obstante, en su intento por proteger a Blake de la posibilidad de que ella se volviera tan poco razonable como su madre, ¿les había privado a ambos de una verdadera oportunidad de ser felices?

–Es muy hermoso, ¿verdad? –le preguntó Blake mientras le rodeaba la cintura con los brazos y la estrechaba contra su sólido torso.

Karly se sobresaltó.

–No sabía que habías regresado a la casa.

Después de que terminaron de desayunar, Blake le había dado su portátil y la había llevado a la casa grande para que ella se instalara en la biblioteca. Cuando se aseguró de que todo funcionaba a la perfección, se marchó a realizar sus tareas y la dejó sola para que pudiera familiarizarse con su ordenador y pudiera descargar un par de programas que necesitaba para su trabajo. Sin embargo, ella sospechaba que había sido una excusa para darle tiempo y espacio para pensar en la nueva dirección que había tomado su estancia en el rancho y dejar que ella decidiera lo que quería hacer al respecto.

Los dos eran conscientes de que la química que había entre ellos era más fuerte que nunca y que no haría falta mucho para que se escapara por completo a su control. Había estado a punto de ocurrir la noche anterior, y de nuevo aquella mañana, cuando Blake la besó.

–¿Lo has preparado todo para poder empezar a trabajar?

–Sí. También he enviado el correo a mi compañera para que lo reciba en cuanto llegue al despacho el martes por la mañana.

–Me alegro de que estés aquí trabajando –dijo él. Le apartó delicadamente el cabello para poder besarle el cuello–. Tengo que empezar a trabajar en una pista para el nuevo semental y no me gustaría que te pasaras todo el día sola en la casa del capataz.

–Precisamente te iba a hacer una pregunta –repuso ella para tratar de no pensar en lo bien que sus besos le hacían sentir–. ¿Por qué están los establos y los corrales tan cerca de la casa del capataz en vez de aquí, junto a la casa principal?

–Cielo, en los meses más cálidos, tener los corrales y los establos cerca de esta casa haría que cualquier fiesta que se celebrara aquí en el jardín no resultara muy agradable.

–Ah, no había pensado en el polvo y en el ruido que hacen los animales.

–Eso junto a la Esencia de Establo que flotaría en la brisa. Ese aroma no hace que la gente quiera acudir a una barbacoa o a una fiesta en la piscina –comentó, riendo.

Karly asintió con una sonrisa.

–Ahora ya lo entiendo –dijo. Entonces, de repente, frunció el ceño y se dio la vuelta entre los brazos de Blake–. Pero el establo está muy cerca de la casa del capataz y no he notado ni polvo ni olores extraños allí.

—Cuando la familia del dueño estableció el rancho a finales del siglo XIX, se aseguraron de construir establos y corrales en el lado contrario al del viento. Creo que así lo hacían en la mayoría de los ranchos. Descubrieron en qué dirección solía soplar el viento y planeaban la distribución de los establos y corrales en consecuencia.

—¿Significa eso que la casa del capataz es la casa original de este rancho? –le preguntó.

Karly no lo había pensado antes, pero él había mencionado que el dueño que construyó la casa grande lo había hecho después de comprar el rancho hacía un par de años.

—Sí. Creo que cada generación ha ido remodelándola a su gusto, pero la casa del capataz es la casa original de este rancho, aunque con añadidos.

—¿Cómo sabes tanto sobre este rancho?

Blake pareció algo sorprendido por aquella pregunta.

—Mi familia lleva viviendo aquí… tanto tiempo como los dueños…

Aunque no era ya muy común, Karly sí había oído que había familias de vaqueros que seguían trabajando generación tras generación en el mismo rancho.

—Por cierto, no recuerdo haberte oído mencionar el nombre del dueño del rancho –dijo ella.

Karly acababa de pronunciar aquellas palabras cuando Blake la estrechó entre sus brazos para besarla. Lo hizo tan hábilmente que a ella ya no le importó más saber quién era el dueño del rancho, lo único que anhelaba era sentirlo contra su cuerpo y besarlo hasta que los dos se quedaran sin aliento y mucho más.

Cuando Blake profundizó el beso, Karly se perdió por completo en las sensaciones que estaba experimentando. Una deliciosa calidez se le extendía por el cuerpo cada vez que él le rozaba la lengua con la suya y le exploraba la boca con tan tierno cuidado. Las rodillas comenzaron a fallarle.

Perdida en la abrumadora necesidad que él estaba creando, sintió que el corazón se le detenía cuando Blake le deslizó la mano por el costado para cubrirle un seno con la palma. El tacto del pulgar acariciándola a través de la camiseta y del sujetador solo intensificaban su deseo y la ponían inquieta e impaciente por sentir aquellas manos sobre la piel desnuda.

Blake rompió el beso para mordisquearle la mandíbula y luego el cuello. En ese momento, Karly ya no pudo dejar de pronunciar lo que tanto deseaba.

–Blake, por favor…

–¿Qué es lo que quieres, Karly?

–A ti… Te deseo a ti…

–Yo también te deseo, cielo –susurró mientras se echaba ligeramente hacia atrás para mirarla–. Volvamos a la casa del capataz.

Karly lo necesitaba más que su próximo aliento, por lo que permitió que él la llevara a través de la mansión hasta la furgoneta. Durante el trayecto hacia la casa del capataz, la realidad comenzó a entrometerse y, cuando Blake aparcó por fin, Karly había empezado a cuestionar su sensatez. Deseaba que él le hiciera el amor y que él volviera a amarla, pero también necesitaba que él comprendiera la profundidad de los miedos e inseguridades que la habían contenido durante los últimos ocho meses.

Antes de que pudieran progresar a un futuro juntos, ella tenía que hablarle de su pasado.

Cuando Blake salió de la furgoneta para ayudarla a bajar, Karly decidió que tenía que confesarle sus miedos. Tenía que intentar que él comprendiera para que pudiera perdonarla por no creer en ellos.

—Blake, tenemos que hablar antes de que hagamos algo por impulso.

Él la miró durante unos instantes. La mirada apasionada que había en sus ojos le robó a Karly el aliento.

—¿Me deseas? —le preguntó él.

—Sí, pero…

—Te doy mi palabra de que hablaremos más tarde —prometió él. Le rodeó la cintura con el brazo y tiró de ella para que los dos pudieran entrar juntos en la casa—, pero ahora no. Llevo ocho meses sin hacerle el amor a mi esposa y te he necesitado a cada instante desde que nos marchamos de Las Vegas.

Las palabras de Blake volvieron a despertar el deseo en Karly. Antes de ir a Wyoming, antes de disfrutar de la tierra que él adoraba, no se había dado cuenta, pero ella sentía exactamente lo mismo.

Necesitaba a Blake con cada fibra de su ser. No sabía cómo había podido pasar aquellos ocho meses sin él. Después de que hicieran el amor, podrían hablar de todo lo que había ocurrido desde Las Vegas y en las razones que la habían llevado a solicitarle el divorcio. Podrían decidir si habría un futuro para ellos. En aquellos momentos, lo único que ansiaba era la magia de las caricias de Blake y el abrumador placer de unir su cuerpo al de él.

Casi no se podía creer lo que estaba a punto de decir, pero, mientras lo miraba fijamente, supo que, desde el momento en el que decidió llevarle los papeles del divorcio en persona, no le había quedado opción.

–Blake, por favor. Llévame al dormitorio y hazme olvidar todo el tiempo que ha pasado.

Capítulo Siete

Cuando Blake abrió la puerta del dormitorio que ella había estado utilizando desde su llegada al rancho, los recuerdos de la primera vez que hicieron el amor le provocaron en el vientre un cosquilleo de anticipación. Había pasado tanto tiempo desde que él la tocó... Durante los ocho meses que habían transcurrido ella se había acostado todas las noches echando de menos sus caricias, los cuerpos entrelazados en un abrazo tan antiguo como el tiempo. Un escalofrío le recorrió la espalda y el corazón se le detuvo un instante al pensarlo.

Blake cerró la puerta y la tomó entre sus brazos. Ninguno de los dos pronunció ni una sola palabra. Simplemente permanecieron abrazados, disfrutando del momento. Entonces, él se separó ligeramente para mirarla y le hizo que colocara las manos en sus hombros para poder quitarle las botas y los calcetines. A continuación, se quitó los suyos.

–Karly, quiero que sepas que no ha habido nadie desde que nos separamos en Las Vegas –dijo. Sus ojos castaños reflejaban la verdad de sus palabras. Entonces, se irguió del todo y la tomó entre sus brazos para acariciarle suavemente las mejillas–. Cuando nos casamos, te juré que te sería fiel y, por lo que a mí respecta, seguiré siendo tu esposo hasta que reciba los papeles que me digan lo contrario.

Ella asintió.

—Eso es lo que yo siento también...

Blake se inclinó sobre ella y le rozó suavemente los labios con los suyos.

—Te prometí que hablaríamos de todo más tarde y lo digo en serio. Sin embargo, en estos momentos, tengo la intención de volver a reconocer por completo el cuerpo de mi hermosa esposa.

El pulso de Karly se aceleró cuando él le agarró la camiseta y se la sacó lentamente por la cabeza.

—No puedo dejar que seas tú el único que se divierta —susurró ella. Le sacó la camisa del pantalón y comenzó a desabrocharle lenta y metódicamente los botones, uno a uno. Entonces, le colocó las manos por debajo de la camisa abierta para quitársela. Contuvo la respiración. Los músculos de su torso y de su abdomen siempre le habían resultado fascinantes.

—Tienes un cuerpo perfecto.

—Si quieres hablar de perfección —comentó él mientras le agarraba el broche del sujetador y se lo soltaba—, tú eres la que es maravillosa.

La apreciación que vio en sus ojos oscuros le quitó el aliento. Sin embargo, cuando él le cubrió los senos con las manos y le besó a continuación los erectos pezones, Karly sintió que las rodillas le temblaban y tuvo que colocarle a él las palmas de la mano sobre el torso para no caerse.

En el momento en el que los dedos de Karly entraron en contacto con los fuertes pectorales, Blake se echó a temblar. Karly supo que le encantaba que lo tocara, lo mismo que a ella le gustaba que lo tocara él. Inspirada para darle tanto placer como él le estaba dando a ella, siguió su exploración y dejó que las manos cayeran hasta la hebilla del cinturón.

Cuando se detuvo para mirarlo, Blake sonrió.

–No pares ahora, cielo. Esto se está empezando a poner interesante.

–Esa es una de las cosas que siempre me han resultado sorprendentes sobre ti –dijo ella mientras le desabrochaba el cinturón.

–¿A qué te refieres? –le preguntó él.

–Me animas abiertamente a hacer lo mismo que tú me haces a mí –susurró ella desabrochándole el botón de los vaqueros.

–Eso es precisamente hacer el amor, cielo… –murmuró él sin dejar de acariciarle los pezones con los dedos–. Es confiar el uno en el otro y tener libertad para aprender lo que nos gusta y cómo darnos más placer mutuamente.

Karly no tenía mucha experiencia, pero le daba la sensación de que no todos los hombres estaban dispuestos a mostrarse tan vulnerables con su pareja. El corazón se le hinchió de alegría al pensar que Blake se sentía lo suficientemente seguro de su masculinidad como para confiar tanto en ella cada vez que hacían el amor.

Cuando ella sonrió y se dispuso a bajarle la cremallera, Blake contuvo el aliento.

–No me malinterpretes, me encanta lo que tienes intención de hacer –musitó él con una sensual sonrisa–, pero un hombre excitado y una cremallera metálica pueden ser una mala combinación.

Karly lo miró y le metió una mano en los pantalones, entre los calzoncillos de algodón y la cremallera.

–Tal vez esto te mantenga a salvo –comentó mientras gozaba con la pasión que había detectado en sus ojos mientras le bajaba la cremallera sobre la insistente erección.

Sin embargo, lo que no había anticipado era el efecto que aquella erección tendría sobre ella. Sentir aquella firme columna contra el reverso de los dedos le causaba una excitación que la estaba licuando completamente por dentro. Cuando terminó por fin la tarea de bajarle la cremallera, se sintió como si estuviera a punto de convertirse en humo. Sin embargo, al mirar el hermoso rostro de Blake, vio que tenía los ojos cerrados y que un músculo le palpitaba en la mandíbula, como si le doliera algo.

–¿Te encuentras bien? –le preguntó muy preocupada.

Blake abrió los ojos y esbozó una sensual sonrisa que le provocó a Karly un escalofrío por la espalda.

–Cielo, ¿sabes lo que siente un hombre cuando una mujer le toca de esa manera?

–¿Incluso a través de la ropa interior? –le preguntó ella con picardía.

–Sí. Es una barrera muy fina para una zona tan sensible. Tendría que ser un eunuco para no reaccionar.

Karly le apartó las manos y, con mucho cuidado, le bajó los pantalones y los calzoncillos juntos, deslizándolos por los fuertes muslos. Cuando se los llevó hasta los tobillos, le acarició el reverso de las rodillas y las fuertes pantorrillas. Se vio recompensada por un profundo gemido y comprendió que algo tan sencillo como una caricia podía proporcionarle un profundo placer.

Cuando él se quitó los pantalones y los calzoncillos, los apartó de una patada. Entonces, Karly se mordió el labio inferior para evitar gemir de placer ante lo que estaba viendo.

–Eres absolutamente maravilloso. Siempre me lo ha parecido.

Blake volvió a tomarla entre sus brazos.

–Las mujeres son suaves curvas y delicada piel. Eso es hermoso. Los hombres somos demasiado angulosos, duros y velludos para ser, en el mejor de los casos, pasables.

–No te quites méritos...

Ciertamente, Blake no tenía razón alguna para sentirse inseguro de su físico. Karly le colocó las manos sobre el amplio torso y comenzó a acariciarle el valle que se extendía entre el pecho y el ombligo.

–Tengo la intención de quitarte el resto de la ropa y de tumbarte en la cama para pasarme lo que queda de día y toda la noche amando cada centímetro de tu cuerpo.

Sin dejar de mirarla, Blake le desabrochó el botón de la cinturilla y comenzó a bajarle la cremallera. Su sonrisa contenía tantas promesas que Karly pensó que iba a deshacerse allí mismo.

Blake comenzó a bajarle los pantalones y las braguitas por las piernas. El magnético contacto de aquellas manos callosas sobre la piel le resultaba muy excitante. Un delicioso temblor le recorrió la espalda. Cuando Karly se quitó las prendas, la mirada de apreciación que vio en los ojos de Blake le quitó el aliento.

–Eres tan bella… –susurró él tras dar un paso al frente para tomarla entre sus brazos.

Sentir los senos apretados contra el duro torso la excitó aún más. Cuando Blake la tomó entre sus brazos, estrechándola contra su cuerpo, la potente erección se apretó contra el vientre de Karly, excitándola al máximo.

Sin decir palabra alguna, él la empujó hasta la cama y retiró la colcha.

–Volveré enseguida –dijo. Regresó hasta donde estaba la ropa que se había quitado.

Karly observó cómo él sacaba algo de la cartera, Regresó entonces a la cama y lo dejó sobre la mesilla de noche antes de estirarse sobre el colchón. Una vez allí, la tomó entre sus brazos y sonrió.

–He dado por sentado que sigues sin tomar ningún anticonceptivo.

–No ha habido razones para ello –dijo Karly.

–No hay problema –susurró él besándole la frente con dulzura–. Es mi trabajo ocuparme de protegerte, aunque sea para protegerte de mí.

–Gracias –musitó ella acariciándole suavemente la mejilla. Había estado tan atrapada en aquel instante que no se había parado a pensar en los anticonceptivos.

Blake la miró fijamente y sonrió. Bajó la cabeza para besarla con una ternura que estuvo a punto de llenarle a Karly los ojos de lágrimas. Ningún otro hombre le había mostrado tanto respeto ni se había mostrado tan entregado a la hora de darle placer. Supo en ese instante que ningún otro hombre podría sustituirlo nunca.

Cuando Blake profundizó el beso, le cubrió un seno con la mano y comenzó a estimularle el pezón con mucha delicadeza. El pulso a Karly se le aceleró al tiempo que el deseo se iba apoderando de su cuerpo. Una placentera tensión se iba a formando dentro de su ser. Una mezcla de impaciencia y de anticipación se apoderó de ella cuando él deslizó la mano por el costado, por la cadera y, por último, a la rodilla.

Sin dejar de acariciarle la lengua con la suya, Blake comenzó a deslizar la mano por el interior del muslo. Cuando la tocó, Karly sintió una sensación similar a una descarga eléctrica, que fue recorriendo cada nervio de su ser y que la obligó a gemir de placer.

Necesitaba tocarlo a él como Blake la estaba tocando a ella. Karly apartó las manos del torso de él y las deslizó por los fuertes costados. Sintió que él temblaba y, animada por aquella reacción, siguió bajando las manos para buscar su masculinidad. Cuando la halló, comenzó a acariciarla en toda su longitud. De repente, él se quedó completamente inmóvil y lanzó un profundo gruñido.

—Cielo, por mucho que odie tener que decirte esto, creo que es mejor que pares... hasta que yo consiga recuperar el aliento. Si no lo haces, vas a sentirte muy desilusionada y yo muy avergonzado.

—Hace ya tanto tiempo… –susurró ella. Sabía que, si no hacían pronto el amor, iba a volverse loca de deseo–. Te necesito, Blake.

—Y yo a ti, Karly –murmuró él. Tomó el pequeño envoltorio que había dejado sobre la mesilla de noche. Se lo colocó y separó las rodillas de Karly antes de colocarse de nuevo encima de ella–. Te prometo que la próxima vez no será tan precipitado…

Si Karly hubiera podido hablar, le habría dicho que ella tampoco podía esperar más, pero le resultaba imposible hablar porque Blake había empezado a hundirse en ella muy lentamente. Su cuerpo comenzó a estirarse para lograr acomodarle y Karly sintió una profunda emoción en el pecho. Nunca se había sentido tan completa como cuando Blake y ella eran un solo cuerpo. Le había ocurrido en Las Vegas y le estaba ocurriendo en aquellos momentos. Blake era su hombre, su media naranja. Ni el tiempo ni la distancia, ni el miedo ni la inseguridad podrían cambiarlo nunca.

El corazón se le detuvo en el pecho cuando comprendió que se había enamorado de él una vez más. Sin embargo, mientras admiraba el hermoso rostro de él, supo que no era cierto. Si era sincera consigo misma, tendría que admitir que jamás había dejado de estar enamorada de Blake.

—Es tan maravilloso —dijo Blake, ajeno a lo que ella acababa de descubrir.

Karly decidió seguir pensando más tarde al ver el rostro tenso de Blake. Reflejaba su lucha por controlarse y su determinación por darle placer antes de que pudiera encontrar el suyo propio.

—Por favor, hazme el amor, Blake —musitó ella mientras le abrazaba y se arqueaba contra su cuerpo.

Blake la besó delicadamente y comenzó a moverse contra ella. Al principio, lenta y suavemente. Karly estaba segura de que aquellos movimientos estaban calculados para proporcionarle el máximo placer. Le hacía sentirse como la mujer más amada sobre la faz de la Tierra.

De repente, la tensión que parecía estar acumulándose dentro de ella se centró en sus partes más sensibles. Blake debió notarlo, por lo que incrementó la profundidad y la fuerza de sus envites. Justo cuando pensaba que su cuerpo se iba a romper en mil pedazos por aquella exquisita tensión, se vio liberada de repente. El placer se adueñó de cada célula de su cuerpo. Karly se sintió a punto de desmayarse por las hermosas sensaciones que estaba experimentando y que parecían durar eternamente.

Cuando empezó a volver poco a poco a la realidad, sintió que el cuerpo de Blake se hundía en el de ella una vez más. La abrazó con fuerza y se tensó contra ella, encontrando por fin también su alivio.

Enterró el rostro contra la almohada y Karly empezó a acariciarle suavemente el cabello, gozando con las sensaciones. El peso del cuerpo de Blake resultaba maravilloso. Se sentía rodeada por él por todas partes.

–Soy demasiado pesado para ti, cielo –dijo mientras se incorporaba en los antebrazos. Le apartó un mechón de cabello del rostro y sonrió–. ¿Te encuentras bien?

–Me encuentro maravillosamente –afirmó ella.

–Puedes añadir sorprendente, excitante y hermoso a lo que acabas de decir –afirmó él. Entonces, se colocó junto a ella sobre la cama y la estrechó entre sus brazos antes de cubrirlos a ambos con la colcha–. Ha pasado mucho tiempo desde la última vez que te hice el amor. Me temo que mi autocontrol no ha estado a la altura. Te doy mi palabra de que la próxima vez me aseguraré de darte más placer.

Karly tembló de anticipación al pensar que Blake volvería a hacerle el amor.

–Por mucho que me encante esa idea, creo que sería mejor que primero habláramos de algunas cosas –dijo ella sabiendo que, aunque aquello había sido maravilloso, su situación se había complicado mucho más.

Como Blake no respondió, ella movió la cabeza del hombro de él, donde la había acomodado, para mirarlo. Vio que él tenía los ojos cerrados. Por el movimiento de su torso comprendió que se había quedado dormido.

Karly le dio un beso en la barbilla y cerró los ojos también. Probablemente estaba agotado por el largo día de trabajo. Ella bostezó y se acurrucó contra él. Tal vez era mejor que Blake se hubiera quedado dormido antes de que pudieran hablar. Karly necesitaba asimilar que seguía enamorada de su esposo y decidir qué era lo que quería hacer al respecto.

¿Tendría el valor para parar el divorcio durante un tiempo para ver si podían conseguir que su matrimonio funcionara? ¿Era eso lo que de verdad ella quería? ¿Podría él perdonarle por el error que había cometido al pensar que su matrimonio podía llevarla a odiarle, lo mismo que le había pasado a su madre con su padre? ¿Qué haría si ella le pedía a Blake otra oportunidad y él decidía que no quería dársela?

Volvió a bostezar y sintió que las sombras del sueño comenzaban a reclamarla. Tal vez si descansara un rato, podría pensar más claramente y encontraría fácilmente las respuestas. Esperaba que fuera así. La felicidad del resto de su vida podría depender fácilmente de ello.

Al día siguiente por la tarde, Blake tomó un sorbo de su cerveza mientras observaba cómo su esposa charlaba y reía con Tori Laughlin en el jardín del rancho Rusty Spur. Karly parecía estar pasándoselo muy bien y él no pudo evitar preguntarse si ella estaría también la siguiente vez que se juntaran todos los amigos.

No habían hablado del futuro. Tan solo habían acordado que ella se quedaría unos días más. Karly no había parecido muy dispuesta a hablar de lo que ocurriría después y él tampoco. Antes de que hicieran el amor, Blake le había prometido que hablarían después, pero los dos se habían quedado dormidos. Cuando se despertaron juntos en la cama, la naturaleza volvió a tomar su curso. Se pasaron el resto de la noche familiarizándose de nuevo con el cuerpo del otro. Al día siguiente por la mañana, se habían despertado justo a tiempo para prepararse para la barbacoa.

–Estás coladito por ella, ¿verdad? –le preguntó Eli Laughlin acercándose a Blake.

–Sí. Supongo que sí.

–Parece muy agradable. ¿Cuándo os conocisteis?

–Durante las finales nacionales en Las Vegas antes de Navidad –respondió Blake sin apartar la mirada de Karly–. Fue entonces cuando nos casamos.

Cuando llamó a Eli hacía unos días para decirle a su amigo que iría a la barbacoa acompañado, Blake le explicó que ella no sabía que el rancho de Wolf Creek le pertenecía y que quería que siguiera siendo así. Tal y como era de esperar, Eli se lo había prometido inmediatamente, pero Blake había comprendido que, en algún momento, tendría que explicarle a su amigo aquella extraña petición y contarle que Karly y él estaban casados.

Al escuchar las palabras de Blake, Eli se atragantó. Blake tuvo que darle unas fuertes palmadas en la espalda.

–Estáis casados –dijo Eli por fin, sin poder creerse ni una palabra de lo que su amigo acababa de decirle.

Blake asintió y le explicó todos los sucesos que habían conducido a la situación en la que se encontraban en aquellos momentos.

—La demanda de divorcio está en estado de espera… al menos hasta finales de semana.

Eli asintió.

—Eso te da un poco de tiempo para decidir cómo le vas a pedir que se quede… y cómo le vas a confesar que Wolf Creek te pertenece. También tendrás que explicarle por qué se lo ocultaste en un principio.

Mientras observaba cómo Karly jugaba con Aaron, el hijo de dos años de los Laughlin, Blake trató de imaginarse una familia con Karly. A ella parecían gustarle los niños y sería todo lo que Blake buscaba en la futura madre de sus hijos.

—¿Alguna sugerencia sobre cómo debería hacerlo?

Blake sabía que su amigo no le juzgaría, dado que Eli y Tori tampoco se habían unido de la manera más habitual. Blake estaba seguro de que Eli no cuestionaría sus razonamientos para ocultarle a Karly que era un hombre rico. Antes de conocer a Tori, Eli también había tenido que enfrentarse a muchas mujeres sin escrúpulos a las que solo les interesaba su cuenta bancaria.

Eli se echó a reír.

—Supongo que sabes que no es a mí a quien debes pedirle consejo sobre las mujeres. Estoy seguro de que recordarás lo testarudo y lo imbécil que fui cuando Tori y yo nos casamos. Doy gracias a Dios porque ella me amara lo suficiente como para darme una segunda oportunidad.

—Y mírate ahora —afirmó Blake riendo—. Sigues

siendo un imbécil, aunque menos testarudo de lo que eras antes.

–Mira quién fue a hablar –replicó Eli.

–¿De qué os estáis riendo los dos ahora? –les preguntó Tori.

Blake sonrió al ver a las dos mujeres acercarse a ellos en compañía del bebé.

–Estaba dándole a tu marido la razón cuando me decía que es un imbécil.

–Y yo le decía que solo un imbécil puede reconocer a otro –le explicó Eli.

Tori se echó a reír.

–Bueno, resulta agradable saber que algunas cosas no cambian nunca, pero, en estos momentos, tengo que llevarme a Eli unos instantes. Acaba de llegar la orquesta y él tiene que decirles dónde colocarse mientras yo llevo a Aaron dentro para ponerle el pijama.

–Dice que el pequeño estará dormido antes de que la orquesta termine la primera canción –comentó Karly mientras Tori llevaba al bebé al interior de la casa.

Blake tomó a Karly entre sus brazos.

–¿Te estás divirtiendo?

Cuando ella le sonrió, sintió que la respiración se le entrecortaba. De repente, deseó que los dos volvieran a estar en la casa del capataz, donde él se podría pasar el resto de la velada haciéndole el amor.

–Me lo estoy pasando estupendamente –dijo ella. Parecía relajada y feliz–. Me caen muy bien tus amigos. Solo siento no haber podido conocer a tu hermano. Tori dijo que iba a venir, pero que ha tenido que ausentarse por negocios.

–Sean era agente especial del FBI –le explicó

Blake–. A veces, lo vuelven a llamar para que los asesore en algunos casos.

–Suena fascinante –comentó ella muy interesada–. ¿Sigue tu hermano aún en las fuerzas del orden público?

–Sí y no –respondió Blake tras dejar la botella vacía sobre una mesa antes de volver a tomarla entre sus brazos–. Ahora es investigador privado. Cuando estaba con el FBI era negociador. Recibe llamadas de la policía de todo Wyoming y de los estados circundantes cuando tienen una situación que requiere de sus dotes –añadió mientras le daba besos en el cuello–. Sin embargo, en estos momentos no quiero hablar de Sean. Quiero hablar de cuándo te parece que sería aceptable que nos marcháramos a casa.

Karly se echó a temblar y él supo que se estaba imaginando la noche que lo esperaba.

–Creo que deberíamos marcharnos después de un par de canciones, dado que nos lleva una hora y media regresar al rancho.

–Volveré enseguida –dijo él de repente.

La soltó y atravesó el jardín para acercarse al lugar en el que la orquesta se estaba preparando. Cuando llegó junto al responsable, se sacó la cartera y le dio al hombre doscientos dólares.

–Le agradecería mucho si las dos primeras canciones que tocaran fueran lentas.

–Vaya, por doscientos dólares las tocaremos todas lentas –respondió el hombre mientras se metía el dinero en el bolsillo.

–Tras las dos primeras, pueden tocar lo que les apetezca –comentó Blake con una sonrisa–. Pero las dos primeras que sean lentas y buenas para bailar.

El hombre asintió.

–Trato hecho.

Blake regresó junto a Karly y le rodeó los hombros con un brazo.

–Dos lentas y nos vamos de aquí.

–¿No habrás sido capaz? –comentó ella riendo.

–Claro que sí –respondió besándole delicadamente los labios–. No pensaba dejar nada al azar.

Karly se puso de puntillas y le murmuró al oído:

–No se lo digas a nadie, pero no lo lamento en absoluto.

Diez minutos más tarde, la orquesta comenzó a tocar. La primera canción fue una lenta, muy conocida. Blake sacó a Karly a bailar a la zona del jardín que habían delimitado como pista de baile. La tomó entre sus brazos y los dos comenzaron a bailar al ritmo de la música. Al sentir el cuerpo de Karly alineado con el suyo, unido al sensual roce de los cuerpos al ritmo de la música le provocó a Blake una excitación que le hizo desear que se hubiera comprometido a una canción en vez de a dos.

El corazón se le detuvo cuando ella le rodeó el cuello con los brazos y se apretó aún más contra él.

–Me estás volviendo un poco loco, cielo –le advirtió.

–¿Solo un poco? –le preguntó ella dedicándole una sexy sonrisa que le elevó la tensión sanguínea–. Supongo que tendré que esforzarme un poco más para volverte completamente loco.

Blake tragó saliva y miró a su alrededor para encontrar a los Laughlin. Cuando los vio hablando con otros invitados, agarró a Karly de la mano y se dirigió a los anfitriones.

–¿Adónde vamos? –le preguntó Karly, aunque parecía que ya lo sabía.

–A darles las gracias a Tori y a Eli por habernos invitado –respondió él con una sonrisa tras darle un rápido beso en los labios–. Al diablo con las convenciones sociales, cielo. Nos vamos a volver a casa ahora mismo para que los dos nos podamos volver todo lo locos que queramos.

Capítulo Ocho

En el momento en el que cerró la puerta del dormitorio principal de la casa del capataz, Blake tomó a Karly entre sus brazos y capturó la boca de ella con la suya. El trayecto de hora y media desde el rancho de Rusty Spur le había pasado factura y estaba más tenso que el muelle de un reloj. Todos los nervios de su cuerpo estaban en estado de alerta por el profundo deseo que sentía de volver a reclamarla como esposa.

Su esposa. Hasta las palabras sonaban bien. Si había tenido dudas sobre su matrimonio con Karly, estas habían desaparecido aquella tarde. Verla charlando con sus amigos y jugando con el pequeño Aaron había bastado para convencerle de que era la mujer de su vida. Encajaba perfectamente y estaba seguro de que Tori y ella terminarían siendo muy buenas amigas.

Si aquella tarde había sido un destello de lo que sería su vida en común como marido y mujer, sería el hombre más feliz de la Tierra durante el resto de sus días. Y tenía intención de que Karly fuera la mujer más feliz.

Profundizó el beso y comenzó a acariciarle suavemente la lengua, explorando los dulces recovecos de su boca. El sabor y la rápida respuesta de Karly a sus caricias lo volvían loco. Sin poder esperar más, le quitó la camiseta.

Su cálida y sedosa piel era como un trozo de raso entre sus manos. Rompió el beso y deslizó los labios por el suave cuello hasta encontrar el lugar en el que el pulso le latía con fuerza en la base de la garganta.

–Cielo, me gustaría tomármelo con calma y saborear cada centímetro de tu cuerpo, pero te deseo tanto en estos momentos que no estoy seguro de que eso vaya a ser posible.

Karly le enmarcó el rostro entre las delicadas manos y le levantó la cabeza hasta que las miradas de ambos se cruzaron.

–Ya podrás tomártelo con calma la próxima vez, Blake. Yo también te necesito ahora mismo.

–Gracias a Dios –susurró él mientras enterraba el rostro en el sedoso cabello rubio de Karly–. No creo que pudiera esperar mucho más, aunque mi vida dependiera de ello.

–Yo siento lo mismo. Pensé que iba a empezar a arder mientras estábamos en la pista de baile y noté lo mucho que me deseabas –susurró ella temblando de placer–. Sin embargo, quiero que hagas algo por mí.

–Claro –afirmó él inmediatamente–. Lo que sea por ti, Karly.

–Deja que sea yo quien te haga el amor –dijo ella mirándole de un modo que hizo que las hormonas de Blake comenzaran a viajar por su cuerpo a la velocidad de la luz–. ¿Te importa?

¿Qué hombre en su sano juicio rechazaría que una hermosa mujer le hiciera cosas increíblemente sensuales a su cuerpo?

–Necesito que me prometas una cosa, Karly –dijo él tras besarla rápidamente.

–¿De qué se trata?

–Si yo te digo que pares lo que estés haciendo, ¿me puedes dar tu palabra de que lo harás?

–Está bien –afirmó ella algo confusa–, pero no comprendo…

–Quiero que terminemos juntos la carrera…

Blake vio que ella comprendía inmediatamente a lo que se refería cuando sonrió.

–Te lo prometo. Yo también lo deseo.

–Bien –dijo él extendiendo los brazos de par en par–. En ese caso, soy todo tuyo, cielo.

Karly no perdió el tiempo. Le indicó la cama.

–Si te sientas, te quitaré las botas.

Deseando ver lo que ella tenía en mente, Blake hizo lo que ella le había pedido. Tragó saliva cuando vio que ella se le ponía de espaldas y se sentaba a horcajadas sobre una de las piernas antes de inclinarse. Cuando empezó a tirarle de la bota y su delicioso trasero comenzó a menearse a escasos centímetros de su rostro, Blake pensó que le iba a dar un ataque al corazón. Cuando botas y calcetines estaban ya en el suelo, el sudor le cubría la frente y él se sentía como si pudiera necesitar un poco de reanimación cardiovascular.

–Cielo, ¿por qué no nos quitamos la ropa y nos metemos en la cama? –le preguntó mientras se ponía de pie para desabrocharse el cinturón–. Si no lo hacemos pronto, creo que no voy a durar lo suficiente para llegar al acto principal.

–Creo es buena idea –dijo Karly. Ella también parecía bastante excitada.

–Te doy mi palabra que te dejaré quitarme la ropa

en otra ocasión, cuando no esté tan tenso –prometió él desnudándose rápidamente.

Prefirió no mirarla mientras ella se quitaba la suya. Si no lo hubiera hecho, estaba seguro de que todo se habría terminado allí mismo.

Mientras Karly se metía en la cama, tomó un preservativo y lo dejó sobre la mesilla de noche antes de estirarse junto a ella. Cuando trató de tomarla entre sus brazos, ella negó con la cabeza.

–Recuerda que tengo que darte placer a ti –susurró ella con una sonrisa que le provocó otra oleada de placer que le sacudió de la cabeza a los pies.

–Solo te pido que tengas en cuenta que soy humano y que tengo mis límites –suplicó él. Se sintió como si ella lo hubiera marcado cuando le colocó la mano sobre el torso. Entonces, se vengó de ella apretándole un seno entre los dedos.

Karly asintió.

–Yo estoy a punto de alcanzar también los míos.

Saber que ella estaba tan excitada como él le obligó a apretar los dientes en un esfuerzo por refrenar su deseo. Sin embargo, cuando ella se inclinó sobre su cuerpo para tomar el preservativo, Blake tuvo que cerrar los ojos y contener la respiración. Nunca una mujer le había hecho lo que Karly estaba a punto de hacer. Esperaba tener suficiente aguante como para poder aferrarse al poco autocontrol que aún le quedaba.

Al sentir que ella comenzaba a acariciarle la parte más sensible de su cuerpo, Blake se sintió tan excitado que tuvo que pensar en algo que le obligara a no centrarse en lo que Karly le estaba haciendo.

–¿Te encuentras bien? –le preguntó.

Blake asintió y le agarró las manos con las suyas.

–Creo que es mejor que me des… un minuto.

–¿Necesitas recuperar el aliento?

–Sí… podemos… podemos llamarlo así –murmuró respirando profundamente para liberar parte de la tensión que se había apoderado de él. Cuando se sintió más sereno, advirtió a Karly–. Te aseguro que no voy a poder aguantar mucho más, cielo…

–Yo tampoco –susurró ella mientras se ponía de rodillas.

Blake sintió que el corazón se le detenía cuando vio que ella se ponía encima de él, a horcajadas, y lo guiaba hacia el interior de su cuerpo. Bajo la mirada de él, Karly descendió sobre él. Solo ver cómo el cuerpo de su esposa lo acogía en su interior fue una experiencia arrebatadora, pero sentir cómo la calidez de su cuerpo rodeaba el suelo, le provocó una fuerte sensación de placer que lo dejó prácticamente mareado.

Observó cómo ella cerraba los ojos, como si estuviera saboreando cada instante de ser un solo cuerpo con él. Se sentía honrado de que una mujer como Karly quisiera estar con él y supo sin ningún género de dudas que aún seguía enamorado de ella.

Este hecho le hizo sentirse aún más decidido a saber qué era lo que había ocurrido después de que ella regresara a Seattle. Fuera lo que fuera, tendrían que encontrar el modo de solucionarlo. Blake solo podía esperar que ella fuera capaz de perdonarlo por no haberle dicho la verdad sobre él mucho antes y que le diera la oportunidad de compensarla.

Sin embargo, no tuvo tiempo de pensar en lo que iba a hacer al respecto. Observando a la mujer que era la dueña de su corazón, vio que ella abría los ojos y le dedicaba una sonrisa tan maravillosa que le provocaba a él una extraña sensación en el pecho. Entonces, muy lentamente, Karly comenzó a moverse.

Blake le colocó las manos en las caderas y la sujetó a medida que la fricción entre los dos cuerpos se iba acrecentando. Sabía que Karly estaba experimentando las mismas sensaciones por el rubor que la pasión le había pintado en las mejillas de porcelana y la luz que despedían sus azules ojos.

A medida que sintió que se acercaba al punto en el que su satisfacción sería inevitable, los femeninos músculos de Karly se tensaron a su alrededor unos instantes antes de que ella echara la cabeza hacia atrás y gimiera de placer por las intensas sensaciones que se estaban apoderando de ella. Fue entonces cuando Blake empezó a controlar el ritmo y se esforzó al máximo en darle todo el placer posible antes de dejarse llevar. Gimió y tembló antes de verterse en la mujer que tanto amaba.

Cuando Karly se desmoronó sobre él, Blake la abrazó mientras los cuerpos de ambos se relajaban y las respiraciones iban volviendo a la realidad.

–¿Estás bien? –le susurró él.

–Ha sido increíble –respondió Karly mientras levantaba la cabeza para darle un beso.

–Tú eres increíble –repuso él. Disfrutaba con el hecho de que ella siguiera tumbada encima de él sin romper la conexión que los unía–. La próxima vez, te prometo que me podrás quitar la ropa y hacer lo que quieras conmigo –añadió riendo–, pero estaba tan excitado que no habría durado ni cinco minutos si tú te hubieras entretenido demasiado.

Al ver que ella no contestaba, Blake comprobó que se había quedado dormida. Le dio un beso en la mejilla y la colocó a su lado. Después, los tapó a ambos con la colcha y la estrechó entre sus brazos. No estaba seguro de cómo ni cuándo le iba a explicar por qué no había sido sincero con ella sobre el rancho o el hecho de que los dos tenían la vida resuelta para siempre, pero ya iba siendo hora. Esperaba que Karly comprendiera sus motivos para ocultarle la información: una madrastra a la que tan solo le interesaba el dinero y que se había quedado con el rancho para tratar de venderlo al mejor postor y la cazafortunas que había afirmado estar esperando un hijo suyo para sacarle todo el dinero posible. Todo ello le había hecho ser muy cauto con las mujeres...

Cuando Karly murmuró su nombre y se acurrucó contra él, Blake le dio un beso en la frente. No estaba seguro de cómo reaccionaría ella cuando, al día siguiente, se lo contara todo. Rezó para que ella lo comprendiera y le pidiera que se quedara a su lado durante el resto de su vida.

A la mañana siguiente, Karly estaba en la biblioteca de la casa grande, mirando la pantalla del ordenador de Blake. Se suponía que tenía que terminar una compra de una selección de objetos a una empresa de Hong Kong, sin embargo, los patitos de goma, las marionetas de dedos y las pelotas de playa inflables no le importaban en absoluto. No podía dejar de pensar en lo que ocurriría a finales de semana cuando llegara el momento de que ella se marchara de Wolf Creek. Blake no le había dicho nada de que él quisiera que siguieran casados ni le había pedido que se quedara en Wyoming con él. Ella tampoco le había dicho que le gustaría quedarse y seguir siendo su esposa.

Se mordió el labio inferior y pensó en las razones que la habían empujado a no reunirse con él en el rancho después de que se marcharan de Las Vegas y lo que sentía al respecto ocho meses después. Cuando Blake y ella se separaron, ella regresó a Seattle para recoger sus cosas y dejar su trabajo. Entonces, habían empezado las dudas. A Karly había empezado a preocuparle que, tras mudarse al rancho, descubriera que no podía soportar vivir allí y que echara de menos su trabajo. Había tenido tanto miedo de ser infeliz que se había convencido de que era mejor no correr el riesgo.

Sin embargo, después de pasar unos días en el rancho, había descubierto que adoraba la paz y la tranquilidad. Le sorprendió que se sintiera más realizada al alimentar a unos terneros que conseguir que un almacén tuviera suficientes patitos de goma o pelotas de playa hinchables.

Suspiró. Había sido testigo de cómo su madre caía en una depresión cuando regresaron a Nueva York y vio que no podía retomar su carrera en la industria de la moda. La tristeza de su madre había dejado en ella una impresión tan duradera que uno de sus mayores temores había sido siempre convertirse en una mujer tan insatisfecha y resentida como su madre.

Objetivamente, no era capaz de recordar ni un solo instante en el que su madre hubiera sido verdaderamente feliz, ni antes de que se mudaran al Medio Oeste ni después. Martina Ewing había estado insatisfecha desde mucho antes de que se marcharan de Nueva York. Su madre era una de esas personas que siempre buscaba algo que le hiciera feliz y, cuando no lo encontraba, culpa a otra persona. Nunca había descubierto que la verdadera felicidad viene del interior y que solo estar con la persona que uno amaba era ya una bendición.

Aquellos días con Blake habían convencido a Karly de aquella verdad. Vivieran donde vivieran o fuera cual fuera el trabajo que tuviera que aceptar para ayudar en la economía familiar, Karly se sentiría realizada por estar junto a Blake. Por fin se sentía preparada para crear una vida de felicidad con él. Esperaba que él también lo estuviera.

–No sabrá dónde se encuentra Blake, ¿verdad? –le preguntó una voz de hombre desde el umbral de la puerta.

Karly se sobresaltó y se llevó la mano al pecho para tratar de calmarse el corazón.

–¡Dios santo!

–Lo siento mucho –dijo el hombre mientras se acercaba a ella con las manos extendidas, como si quisiera evitar que el pánico se apoderara de ella–. No quería asustarla. Le habría preguntado a Silas, pero se está echando la siesta y resulta más fácil despertar a los muertos que a él una vez que se ha quedado dormido.

–Es cierto –replicó ella más tranquila. Entonces, sonrió–. No hay muchas cosas que sean capaces de despertar a Silas –añadió. Se había dado cuenta de aquel hecho en los pocos días que llevaba allí–. Blake está en la pista, trabajando con el nuevo semental.

–Gracias –dijo el hombre. Se volvió para marcharse, pero luego miró de nuevo a Karly–. Por cierto, soy Sean Hartwell, el hermano de Blake.

Karly reconoció inmediatamente el parecido tras saber que los dos eran hermanos. Tenían aproximadamente la misma altura, los mismos ojos y el mismo cabello.

–Me llamo Karly Ewing –repuso ella. No estaba segura de que Blake le hubiera mencionado que tenía una esposa.

–¿Eres su nueva secretaria o asistente personal?

Karly se preguntó por qué Blake necesitaría una secretaria. De repente, comprendió que Sean debía de haberse referido a si ella era la nueva secretaria del dueño del rancho.

–No. Estoy pasando unos días con Blake en la casa del capataz.

Sean frunció el ceño.

–¿Y por qué estáis allí? Desde que se construyó esta casa hace dos años, no ha vuelto a alojarse allí.

Karly miró fijamente a Sean. Poco a poco comenzó a comprender la realidad.

–No estoy segura… Supongo que tendrás que preguntárselo a él.

–Puedes estar segura de ello.

–¿Sois Blake y tú los dueños de este rancho? –le preguntó. Se sentía como si tuviera un nudo en el estómago del tamaño de un puño.

–No. El mío está a cuarenta y cinco minutos en coche de aquí, al otro lado de las montañas –respondió sin percatarse de nada–. Te dejo que vuelvas con lo que estuvieras haciendo. Me alegro de haberte conocido, Karly. Espero que disfrutes del resto de tu estancia en Wolf Creek.

–A mí también me ha gustado conocerte a ti, Sean.

Mientras observaba cómo Sean se marchaba, sintió que se le formaba un nudo en el pecho que le dificultaba tremendamente la respiración. ¿Por qué le habría mentido Blake? ¿Por qué no le había dicho que era el dueño del rancho cuando estaban en Las Vegas?

Por supuesto, no habían hablado de nada personal, pero eso no explicaba que no se lo hubiera dicho cuando Karly llegó al rancho con los nuevos papeles de divorcio.

Una profunda tristeza se apoderó de ella. Blake no le había pedido que firmara un acuerdo prenupcial. Cuando ella le dijo que sería lo mejor para ambos que dieran por finalizado aquel matrimonio, Blake, evidentemente, había tenido miedo de que ella intentara arrebatarle una parte del rancho.

Miró a su alrededor y, de repente, comprendió que Blake era un hombre muy rico. Solo una mansión de aquel tamaño debía de costar varios millones de dólares. A eso había que añadirle los establos, los animales, los cientos y cientos de hectáreas que ocupaba el rancho…

–Dios mío… –susurró ella mientras se caía de nuevo sobre la silla–. Blake pensó que yo intentaría…

Se cubrió la boca con la mano para ahogar un sollozo. Resultaba evidente que sus propiedades y su dinero eran mucho más importantes para él que decir la verdad. Ni siquiera le había dado a ella la oportunidad de asegurarle que no tenía interés alguno en arrebatarle nada.

Ella había roto la promesa que le hizo cuando le pidió el divorcio, pero nunca le había mentido deliberadamente.

Se puso de pie y salió corriendo hacia el vestíbulo. Abrió la enorme puerta principal y se dirigió rápidamente a la furgoneta de Blake. Se sentó en el asiento del conductor. Por suerte, él siempre dejaba las llaves en el contacto cuando estaban en el rancho.

Arrancó y avanzó por el sendero sin mirar atrás. Blake le había dejado muy claro que allí no había nada para ella.

Karly había cometido sus propios errores cediendo a sus miedos y no diciéndole la verdadera razón que tenía para haberle pedido el divorcio. Sin embargo, lo que él había hecho era mucho peor. La había engañado deliberadamente y no tenía intención alguna de pedirle que se quedara a su lado para ver si podían conseguir que su matrimonio funcionara. Seguramente, se sentiría muy aliviado cuando ella lo llamara para decirle que no pensaba irse a vivir a Wyoming con él. Sin duda, eso explicaría por qué no había insistido más en que ella le diera una oportunidad a su matrimonio.

Las lágrimas le caían abundantemente por las mejillas mientras se dirigía a la casa del capataz. Al llegar, entró para recoger tan solo las cosas que había llevado consigo desde Seattle y lo cargó todo en su coche de alquiler. Había sido una suerte que se enterara de todo a tiempo. Aunque él hubiera terminado sincerándose sobre lo que tanto se había esforzado por ocultar, no creía que pudiera volver a confiar en él.

Entre sollozos, descendió la montaña para dirigirse a Eagle Fork. No había querido nada de él. Ni su rancho, ni su dinero ni nada material. Tanto si Blake era rico o pobre, lo único que ella había buscado, lo único que había querido de él era que la amara.

***

—Hola, hermanito —dijo Blake mientras se acercaba montando el semental hasta la puerta de la pista—.
Anoche te perdiste una fiesta estupenda en Rusty Spur.

—Sí. Venía de camino de vuelta de Sheridan.

—¿Algo de lo que puedas hablar?

—Un tipo anda robando bancos por todo el estado
y me pidieron que fuera a repasar los detalles de su
último robo.

—Si lleva en esto un tiempo, me sorprende que no te
hayan llamado antes —comentó Blake.

—Esta fue la primera vez que alguien resultaba
muerto.

Cuando Sean se quedó en silencio, Blake comprendió que su hermano ya no podía contarle nada más sobre el asunto. No le sorprendió que no le diera más detalles. Sean nunca hablaba del trabajo que realizaba para
el FBI y Blake nunca le presionara para que le contara
más de lo que él deseara decirle.

—¿Qué planes tienes para esta tarde? —le preguntó
Blake mientras desmontaba.

—Venía a ver si querías venirte conmigo a pescar
mañana, pero, después de conocer a tu invitada, dudo
que te interese —comentó Sean encogiéndose de hombros.

—¿Has conocido a Karly? —preguntó Blake. Esperaba que el asunto de quién era el dueño del rancho no
hubiera formado parte de la conversación.

—Sí, parece muy agradable. ¿Por qué os alojáis los
dos en la casa vieja?

–Es… complicado –respondió Blake. Se le empezó a formar un nudo en el estómago–. ¿Mencionaste que yo soy el dueño del rancho?

Sean lo miró atónito durante lo que pareció una eternidad y, por fin, asintió.

–Me lo preguntó y yo no estaba dispuesto a mentirle –dijo. Cuando Blake empezó a soltar una retahíla de maldiciones y palabras malsonantes, Sean lo miró perplejo–. ¿Te importaría explicarme a qué vienen tantas maldiciones?

–Haz que uno de los hombres se ocupe de Blaze –dijo Blake sin contestarle mientras le entregaba las riendas del semental.

–¿Qué es lo que pasa? –exigió Sean cuando vio que su hermano echaba a correr hacia la casa grande.

–¡Te lo contaré más tarde! –gritó por encima del hombre–. Tengo que ir a hablar con mi esposa.

Blake sabía que Sean lo sometería a un duro interrogatorio más tarde, pero decidió que ya se preocuparía de eso cuando llegara el momento. Tenía que hablar con Karly y explicarle por qué no le había contado la verdad meses atrás.

Echó a correr a través del patio y empezó a llamarla a voces en cuanto entró en la casa. Cuando nadie respondió a sus gritos, un gélido temor se le instaló en la boca del estómago. El corazón se le detuvo cuando llegó al vestíbulo y vio la puerta principal abierta de par en par. Miró al exterior y no le sorprendió comprobar que la furgoneta había desaparecido y, con ella, su esposa.

Regresó a la cocina para recoger las llaves de uno de los vehículos que tenía en el garaje. Allí, se encontró con su hermano.

–¿Qué diablos está pasando? –le preguntó Sean.

–No tengo tiempo de explicarte nada ahora mismo. Tengo que ir a la casa del capataz para detener a Karly.

–Tengo mi furgoneta en la parte delantera –dijo Sean–. Vamos, te llevaré y, por el camino, me podrás explicar desde cuándo estás casado y por qué tu esposa no sabe que eres el dueño de este rancho.

Mientras se dirigían a la casa del capataz, Blake le explicó a su hermano lo de la boda en Las Vegas, lo del divorcio y su razonamiento para no haberle dicho a Karly de entrada que era mucho más que un capataz de rancho y jinete de rodeo.

–Había pensado decírselo cuando se mudara aquí. Después, no pareció haber motivo alguno para hacerlo, dado que nos íbamos a divorciar. Ahora, después de estos días, había pensado decírselo esta noche después de cenar y luego pedirle que se quedara aquí conmigo para siempre.

–Vaya… siento habértelo estropeado.

–No es culpa tuya, Sean. Sabía que me estaba quedando sin tiempo –dijo Blake. Lanzó una exclamación de desesperación cuando llegaron a la casa del capataz y vieron que el pequeño deportivo rojo ya no estaba–. Se marcha a Washington… No sé si tendrá intención de ir primero a Seattle o a Lincoln County.

–¿Y qué hay en Lincoln County?

–El juzgado donde va a presentar la demanda de divorcio –contestó Blake para explicarle inmediatamente la razón.

–Deja que haga un par de llamadas telefónicas –dijo Sean mientras se sacaba su teléfono móvil.

Blake sabía que, si tenía alguna posibilidad de encontrar a Karly, Sean tenía los contactos para ello. Sin embargo, encontrarla era solo la mitad del problema. Conseguir que lo escuchara sería muchísimo más complicado.

Mientras Sean trataba de descubrir el rastro de Karly, Blake entró en la casa para ver si ella se había llevado todas sus cosas. No se sorprendió al comprobar que tan solo se había llevado con lo que había llegado al rancho, no lo que él le había comprado.

Volvió a salir al exterior y se encontró con Sean.

—Acaba de llamar a Cheyenne y ha hecho una reserva para el vuelo a Dénver. Desde allí, tomará otro a Seattle.

—¿Y a qué hora sale su vuelo de Dénver?

—A las seis de esta tarde. Va a perder el anterior, que sale a primera hora de la tarde —añadió con una sonrisa.

Blake miró su reloj.

—¿Me puedes llevar allí para tomar ese vuelo anterior?

—Si no puedo, echaré mano de mi permiso para pilotar helicópteros.

Sean había aprendido a pilotar helicópteros cuando estuvo con los marines y por su trabajo en el FBI tenía que pilotar con regularidad para ir a Dénver, desde donde tomaba el vuelo que necesitara para acudir al lugar en el que se necesitara su asesoramiento.

Sin decir nada más, los dos se dirigieron a la furgoneta de Sean. Mientras su hermano conducía, Blake llamó para reservar un billete en ese vuelo anterior a Seattle.

No tenía un plan muy preciso, pero tampoco le preocupaba. Tenía varias horas antes de que el vuelo de Karly llegara, y para entonces, ya se le habría ocurrido algo.

Cuando Karly le llamó hacía ocho meses para pedirle el divorcio, se dijo que estaba haciendo lo correcto y se dispuso a dejarla marchar sin presentar batalla. Era lo que ella deseaba y decidió que no conseguiría nada con presionarla. Sin embargo, no iba a volver a cometer ese error. En aquella ocasión, iba a por todas.

No sabía cuánto tiempo tardaría en convencerla, pero de una cosa estaba segura, no pensaba regresar al rancho Wolf Creek sin ella.

Capítulo Nueve

Mientras Karly avanzaba por la terminal para acudir a la zona en la que recoger su equipaje, vio cómo los viajeros se reunían con sus seres queridos y amigos. Parecía que todo el mundo tenía a alguien esperándolo. Como siempre, ella no tenía a nadie.

Los ojos se le llenaron de lágrimas y tuvo que parpadear varias veces para impedir que le cayeran por las mejillas. Nunca le había molestado no tener a nadie esperándola después de un viaje. Se había limitado a recoger su equipaje y a tomar un taxi. Jamás se había parado a pensar que estaba sola.

Sin embargo, eso había cambiado con su viaje a Wyoming. Nunca en toda su vida se había sentido más sola que en el aquel momento.

Recogió su bolsa. Tenía que admitir que aquella afirmación no era cierta. Había habido otra ocasión en la que se había sentido profundamente sola. Había sido ocho meses antes, cuando regresaba de sus vacaciones en Las Vegas y se enfrentaba a la primera noche sola sin que Blake estuviera abrazándola en la cama.

Contuvo las lágrimas como pudo y salió al exterior de la terminal para tomar un taxi que la llevara a su casa. Mientras el taxista guardaba su escaso equipaje en el maletero, ella se acomodó en el asiento trasero del vehículo y rezó para que el hombre no fuera muy hablador. No creía poder hablar con nadie sin echarse a llorar. Lo único que quería hacer era llegar a su apartamento y allí, a solas, llorar hasta que pudiera desahogarse.

Cuando por fin llegaron al edificio en el que estaba su apartamento, pagó el trayecto al taxista, tomó su bolsa de viaje y se dirigió a la puerta de su apartamento, que estaba situado en la planta baja. Cuando se fue acercando a la puerta, vio que había un hombre sentado en las sombras del porche. Sin saber qué hacer, se detuvo en seco. Estaba pensando si acercarse a él para exigirle que se marchara o darse la vuelta e ir a pedir ayuda, cuando él levantó la cabeza.

El corazón empezó a latirle con fuerza en el pecho. Era imposible.

–¿Blake?

–Este lugar no es muy seguro –dijo él sacudiendo la cabeza–. Debería haber más luces en las aceras y luces de seguridad en cada edificio.

–Dejé encendida la luz de la entrada –replicó ella a la defensiva–. Debe de haberse fundido la bombilla.

–No me gusta que vivas en un lugar tan poco seguro como este –afirmó él. Se puso de pie y miró a su alrededor.

–No me digas… –replicó ella reponiéndose de la sorpresa. Entonces, comenzó a rebuscar las llaves en el bolso–. Lo seguro que sea el lugar en el que yo viva ya no es asunto tuyo.

–¡Y una porra! –exclamó él quitándole la llave de los dedos cuando ella la encontró por fin. Entonces, abrió la puerta–. Eres mi esposa. Tu seguridad es lo más importante para mí.

La actitud de Blake y el hecho de que hubiera vuelto a decir que era su esposa enfureció a Karly y le rompió el corazón al mismo tiempo. ¿Cómo podía decir que quería lo mejor para ella cuando ni siquiera le había confiado la verdad?

–Vamos a ver, Blake –dijo ella mientras entraba en su apartamento y encendía una de las lámparas que había en el salón–. Lo más importante para ti son tu rancho y tu cuenta bancaria. Dudo que yo ni siquiera esté entre las diez cosas más importantes en tu vida.

–Eso no es cierto –replicó él entrando también en el pequeño salón–. Eres más importante para mí que el aire que respiro.

–Lo que tú digas. Mira, no sé por qué estás aquí ni lo que piensas que vas a conseguir siguiéndome hasta mi casa, pero…

–He venido a hablar con mi esposa –concluyó él. Cerró la puerta del apartamento.

–No veo qué es lo que tenemos que hablar –le espetó ella sacudiendo la cabeza–. Tuviste muchas oportunidades para hablar conmigo mientras estuve en el rancho, pero preferiste no hacerlo. Y deja de decir soy tu esposa.

–He venido a enmendar las cosas –insistió él. Se cruzó de brazos y permaneció de pie como una estatua de piedra–. ¿Por qué no debería llamarte esposa? Seguimos casados.

Karly se frotó las sienes por la tensión que sentía en ellas.

–Te ruego que te marches, Blake. Estoy agotada y me estás poniendo dolor de cabeza.

Blake dio un paso hacia ella.

–Cielo, yo…

–No me llames así –replicó Karly mientras daba un paso atrás–. Es una muestra de cariño que, evidentemente, no me has tenido nunca. Ahora, te ruego que te marches y regreses a Wyoming, que es donde debes estar.

–Yo debo estar donde tú estés –afirmó Blake. Dio un paso al frente y se sentó en el sofá–. No me marcho hasta que hayamos solucionado todo esto.

Karly se sentía tan frustrada por la insistencia de Blake que estuvo a punto de echarse a llorar. No quería que él viera sus lágrimas. Tomó su bolsa de viaje y la llevó al dormitorio.

–No voy a seguir discutiendo contigo. Me voy a la cama y, cuando me levante por la mañana, preferiría que ya te hubieras marchado. Por favor, cierra la puerta bien cuando te vayas.

Sin mirar atrás, entró en el dormitorio y echó el pestillo. A continuación, se apoyó contra la puerta. No sabía lo que Blake pensaba que podía decirle para explicar sus actos. Durante el viaje, había comprendido la brutal realidad de la situación. Blake jamás había tenido la intención de que su matrimonio funcionara. De entrada, jamás le había contado cómo era su vida en Wyoming en realidad. Por ello, Karly ni siquiera podía comprender por qué se había casado con ella. Probablemente se había sentido profundamente aliviado cuando ella se negó a reunirse con él en el rancho hacía ocho meses.

De repente, se le ocurrió que tal vez había ido a verla para asegurarse de que ella no trataba de conseguir su dinero o parte de su rancho. Después de todo, aún no estaban divorciados.

–No tienes que preocuparte, Blake –murmuró mientras se metía en el cuarto de baño que había dentro de la habitación para lavarse los dientes.

Aunque él le ofreciera un acuerdo, Karly no lo aceptaría. Nunca había querido nada de él que no fuera su amor, su respecto y su sinceridad.

Sin embargo, aunque él no le había dado nada de aquellas tres cosas, el corazón se le había detenido en el pecho al verlo sentado en el porche. Había tenido que contenerse para no salir corriendo y echarse en sus brazos. Nada podría haberle hecho más feliz que él le dijera que todo iba a salir bien.

Observó en el espejo la imagen de la mujer que era en aquellos momentos. Karly se preguntó si habría perdido la cabeza. ¿Cómo podía haberse alegrado tanto de ver a Blake cuando él era la última persona de la Tierra a la que debería querer ver?

Sentado en la pequeña mesa de la cocina, Blake se rebulló en la silla. Trataba de estirar los doloridos músculos de su espalda tras pasar la noche durmiendo en el sofá de Karly. A medianoche, ya había decidido que aquel maldito mueble debería ser considerado un instrumento de tortura. Los dos pies se le habían quedado dormidos y, además, el sofá cedía en el centro. Por ello, tenía la espalda como un acordeón.

Sin embargo, por muy incómodo que hubiera estado, no se le había pasado por la cabeza marcharse en ningún momento. Primero, tenía que conseguir que ella le escuchara. Si para conseguirlo tenía que dormir en aquel maldito sofá una semana, así sería. Después de que se hubiera explicado, si Karly seguía queriendo que se marchara, encontraría fuerzas para hacerlo y, por mucho que le doliera, la dejaría marchar. La única verdad era que la amaba y que no deseaba para ella más que su felicidad. Esperaba que esa felicidad lo incluyera a él.

–Pensaba que ya te habrías marchado –dijo ella cuando entró en la pequeña cocina con una caja de pañuelos. Tenía los ojos enrojecidos e hinchados.

Blake comprendió que se había pasado gran parte de la noche llorando. Saber que él era la causa de tanto sufrimiento le provocaba a él un gran sufrimiento.

De repente, se paró a mirarla más detenidamente. Karly tenía el cabello revuelto y llevaba puesta una enorme camiseta sin forma alguna. No obstante, a él le parecía que nunca la había visto tan sexy.

Se tomó un sorbo de café y sacudió la cabeza mientras trataba de centrarse en lo que tenía que decir para que ella le escuchara.

–No pienso marcharme a ninguna parte hasta que hablemos.

–Yo tengo que ir a trabajar –replicó ella. Dejó la caja de pañuelos sobre la mesa y se sirvió también una taza del café que él había preparado.

–Pues aquí estaré cuando regreses esta tarde –comentó él encogiéndose de hombros–. Tanto si es ahora como después, tenemos que hablar, Karly.

Ella lo miró fijamente y cerró los ojos como si estuviera tratando de conseguir más paciencia. Cuando volvió a abrirlos, el dolor que Blake vio en ellos le desgarró el corazón. Pensar que él era la causa de tanta tristeza le resultaba insoportable.

–Mira, Blake, No creo que lo que puedas decirme pudiera cambiar las cosas –dijo ella. Se sentó al otro lado de la mesa, frente a él–. Evidentemente, no querías que supiera que eres el dueño del rancho ni que eres bastante rico.

–Cuando te conocí, tenía un par de motivos para no hacerlo.

–Recuerdo que me dijiste que la madrastra del dueño era una cazafortunas y que a él le costó mucho recuperar el rancho –susurró ella. Parecía derrotada–. No sabía que estabas hablando de ti mismo y de las dificultades que habías tenido con ella. Sin embargo, yo no soy responsable de eso.

–Lo sé… –murmuró él mientras dejaba la taza lentamente sobre la mesa–. Sean y yo nos imaginamos cómo era cuando mi padre se casó con ella. Cuando él falleció, mi madrastra se quitó la máscara y nos dejó muy claro que iba a hacer todo lo posible para quitárnoslo todo y evitar que heredáramos nada que ella pudiera convertir en dinero.

–Es una pena que esa mujer fuera tan cruel y puedo comprender que no confiaras en otras mujeres –dijo ella sacudiendo la cabeza–, pero yo no sabía que tú tenías dinero cuando me casé contigo. No tenías ningún derecho a culparme de los delitos que no cometí y que no cometería nunca.

–Lo sé, cielo… Y no sabes lo mucho que lo siento.

Blake se miró las manos durante un instante antes de respirar profundamente y mirar a Karly a los ojos. Ella tenía que conocer todas las razones que él tenía para haberse mostrado tan cauteloso.

–También tuve un problema con una mujer hace

varios años. Ella trató de extorsionarme y sacarme dinero...

–Una vez más, yo no soy responsable de eso tampoco –le recordó ella.

Blake no había esperado que ella se lo pusiera fácil. De hecho, se merecía que así fuera.

–Lo sé y por ello te debo una explicación y una disculpa –admitió él. Respiró profundamente para poder continuar hablando–. Hace seis años, estaba en un rodeo en San Antonio y gané el torneo de los toros. En vez de celebrarlo tomándome una cerveza como debería haber hecho, me marché de juerga.

–Y te emborrachaste.

–Así es. Debería haberlo dejado ahí y haber regresado al hotel...

–Pero no lo hiciste.

–No. Me fui a un motel barato con una de las *groupies.*

–¿Qué es eso? –preguntó Karly. La expresión de su rostro no había cambiado, pero, al menos, mostraba interés en las explicaciones que Blake le estaba dando.

–Son las chicas que nos siguen en el circuito de rodeos. Algunas solo quieren divertirse, pero otras solo quieren acostarse con los ganadores.

–¿Por qué?

–Para presumir –contestó él. Se sentía asqueado consigo mismo–. Es como si se pusieran una medalla si dicen que se han acostado con alguno de los vencedores. Bueno, el caso es que pasé la noche con una de ellas y, un mes más tarde, ella se presentó afirmando que la había dejado embarazada.

–¿Tienes un hijo? –preguntó Karly muy sorprendida.

–Dios santo, no. Resultó que nunca había estado embarazada. Había estado preguntando por mí y había descubierto que yo tenía derecho a heredar al menos una parte del rancho Wolf Creek. Decidió que yo era la víctima perfecta para conseguir mucho dinero.

–¿Pensó que le darías dinero para que abortara?

–Sí, pero yo le ofrecí que me cediera al bebé para criarlo yo. Entonces, me enteré de que ni estaba embarazada ni lo había estado nunca.

Karly lo miró atentamente, como si estuviera tratando de procesar lo que Blake le había dicho.

–Supongo que algo así hace que una persona se vuelta más cautelosa…

–Desde entonces, preferí dejar que todo el mundo pensara que yo no era más que un vaquero que trataba de ganarse la vida montando toros y criando ganado. Entonces, te conocí a ti. Nos casamos antes de que pudiera encontrar la manera de hablarte de mí y empezamos a hacer planes sobre el futuro en el rancho.

–¿Por qué no me lo dijiste entonces? –le acusó ella–. ¿Fue porque no habíamos firmado un acuerdo prenupcial antes de la boda?

–En absoluto. Pensaba decírtelo cuando nos reuniéramos en el rancho. Pensé que sería una sorpresa agradable que te enteraras allí que no tendríamos que preocuparnos por el futuro, como les ocurre a la mayoría de las parejas recién casadas. Tú podrías seguir trabajando, hacerlo a media jornada o dejarlo por completo para ser tan solo la esposa de un ranchero. Lo que tú quisieras hacer.

–Pero yo te llamé y te dije que, si querías que siguiéramos casados, tendrías que mudarte a Seattle.

–Así es. Y creo que yo no era el único que tenía secretos, ¿verdad?

–¿A qué te refieres? –le preguntó ella frunciendo el ceño–. Yo siempre he sido sincera contigo.

–Cielo, por lo que me has dicho del divorcio de tus padres, creo que eso pesó mucho en tu decisión de no mudarte a Wyoming hace ocho meses. Lo único que no sé es cómo te influyó y por qué.

Karly le había hablado de sus padres durante la conversación que tuvieron en el jacuzzi y él estaba seguro de que el divorcio de sus progenitores había pesado mucho en las decisiones que ella había tomado sobre su futuro en común. Tenía que saber cómo los problemas de sus padres se habían convertido en los de ella.

Cuando vio que Karly permanecía en silencio, se levantó para rodear la mesa y tomarla entre sus brazos. Entonces, la hizo levantarse y la sentó en su regazo.

–Sé que yo lo fastidié todo al no hablarte de mi pasado y de las razones que tenía para andarme con pies de plomo, pero tú también omitiste información importante sobre ti misma. Lo que hay entre nosotros es bueno y merece la pena luchar por ello, Karly. Háblame. Cuéntame por qué tenías tanto miedo y por qué lo sigues teniendo.

–No lo comprenderías… Ni siquiera estoy segura de que tenga sentido alguno.

–¿Por qué no me lo cuentas para que podamos encontrarle sentido juntos? –le sugirió. Le encantaba volver a tenerla entre sus brazos sin que ella tratara de zafarse de él.

Karly permaneció en silencio unos instantes antes de comenzar por fin a hablar.

–Desde el momento en el que nos mudamos al Medio Oeste, mi madre odió vivir allí y comenzó también a despreciar a mi padre. Cuando nos mudamos ella y yo de nuevo a Nueva York, culpó a mi padre de todo lo que empezó a ir mal en su vida. La pérdida de su trabajo, de su carrera, de su infelicidad… A veces creo que ni siquiera le gustaba yo porque también era parte de él.

Blake le dio un beso en la mejilla y la estrechó contra su cuerpo.

–Estoy segura de que te quería, cielo.

–Tanto si me quería como si no, ya no importa –dijo ella encogiéndose de hombros–. Yo tenía miedo de que, si descubría que no me gustaba vivir lejos de la ciudad, nos ocurriera lo mismo a nosotros –añadió mientras los ojos se le llenaban de lágrimas–. Te quiero mucho, demasiado como para permitir que eso ocurra, Blake. Tú te mereces mucho más que ese resentimiento y verte culpado por algo que no puedes controlar.

Blake la besó y le dedicó una sonrisa.

–Yo también te quiero, cielo. Siempre te he querido y siempre te querré.

Karly ya no pudo contener las lágrimas. Apoyó la cabeza en el hombro de Blake y se desahogó. Él la abrazó mientras lloraba. No le gustaba ver llorar a las mujeres, pero las lágrimas de Karly le resultaban especialmente dolorosas. Ella lloraba por la niña que había dudado del amor de su madre y por lo que los errores de sus padres habían estado a punto de costarles a ellos.

Cuando levantó la cabeza, Blake le entregó un pañuelo de la caja que había sobre la mesa.

–¿Ya te sientes mejor? –le preguntó sonriendo a la única mujer que había amado en toda su vida.

Ella se sonrojó.

–Siento mostrarme tan emotiva…

–No tienes que disculparte por eso, Karly –susurró él mientras le daba un beso en la frente–. Yo debo estar a tu lado durante los malos momentos, igual que en los buenos.

–Te amo tanto, Blake –murmuró ella mientras le rodeaba el cuello con los brazos.

–Yo también te amo a ti, Karly –repuso él estrechándola con fuerza contra su cuerpo.

Los dos permanecieron sentados allí algún tiempo, felices de estar uno en los brazos del otro.

–Entonces, ¿dónde vamos a vivir? –preguntó él por fin.

Karly lo miró extrañada.

–Yo… había dado por sentado que viviríamos en tu rancho.

–Solo si es allí donde deseas vivir –afirmó él–. Mientras te tenga a mi lado, viviré donde sea e iré de vez en cuando al rancho para ver cómo van las cosas.

–Blake, estaba equivocada –dijo ella mientras le colocaba las manos en las mejillas y le miraba a los ojos–. Adoro tu rancho.

–Nuestro rancho –le corrigió él–. Ahora también es tuyo tanto como mío.

–Tú eres lo único que deseo.

–¿De verdad quieres que nos pongamos a discutir sobre esto ahora? –le preguntó él entre risas.

Karly sonrió y negó con la cabeza.

–Quiero vivir contigo en Wolf Creek. Quiero montar a Suede y ayudarte a dar de comer a los terneros y criar a nuestros hijos… Sé que no hemos hablado al respecto, pero quieres tener hijos, ¿verdad?

–Hay muchas cosas de las que no hemos hablado –replicó él–, pero ahora que vas a volver a mi lado, tendremos tiempo de sobra para compartir nuestros sueños y esperanzas –añadió con una sonrisa–. Sí, Karly, deseo tener una familia contigo. Estaré encantado de darte todos los hijos que desees.

–Te amo tanto… –susurró ella acurrucándose contra él–. Me muero de ganas de regresar a casa.

Blake sintió que se le hacía un nudo en el pecho de la emoción al escuchar que ella se refería al rancho como su casa.

–Hay algo más que tenía intención de hacer por ti cuando nos casamos en Las Vegas.

–¿De qué se trata? –le preguntó ella mientras le besaba el cuello.

Los labios de Karly parecían prenderle fuego en la piel, por lo que Blake tuvo que respirar profundamente antes de responder.

–La ceremonia que tuvimos en Las Vegas no fue muy especial. Me gustaría que tuvieras la boda de tus sueños.

–¡Blake, me encantaría! –exclamó ella. Los ojos volvieron a llenársele de lágrimas–. Sin embargo, tendremos que esperar hasta la primavera.

Blake frunció el ceño.

–¿Por qué?

–Me encantaría renovar nuestros votos junto a la cascada del jardín. Y creo que sería precioso que pudiéramos celebrar nuestra boda al atardecer.

–Por supuesto –afirmó él–. Pero aún hace bastante calor como para celebrarla ahora mismo. ¿Qué te parece el próximo fin de semana?

–No tenemos tiempo para organizarlo todo –dijo ella, dudosa.

–Cielo, te sorprendería lo rápidamente que se pueden organizar las cosas cuando se tiene dinero para hacerlo –comentó él riendo.

–Está bien… ¿Qué te parece dentro de dos fines de semana? –sugirió ella–. Necesito tiempo para pensar lo que quiero.

–Me parece bien –afirmó Blake mientras se ponía de pie aún con ella en brazos.

–¿Adónde vamos? –le preguntó ella mientras la llevaba hacia el salón.

–Voy a llevar a mi esposa al dormitorio para hacerle el amor –susurró él mientras la besaba cariñosamente–. Luego, mientras estés trabajando, trataré de dormir un poco. ¿Sabes lo incómodo que es ese maldito sofá?

Las carcajadas de Karly le parecieron uno de los sonidos más hermosos que había escuchado en toda su vida.

–Después de que hagamos el amor, voy a llamar a mi jefe para decirle que no voy a volver. Luego, me voy a quedar en la cama contigo y me voy a echar una siesta. Yo tampoco dormí mucho anoche.

Blake la colocó sobre la cama y se tumbó a su lado. Le dio un beso en los suaves y perfectos labios.

–¿Estás segura de que quieres dejar tu trabajo? No deseo que hagas nada de lo que puedas arrepentirte después.

–Estoy completamente segura –afirmó ella mientras

comenzaba a desabrocharle la camisa–. Ahora, ¿puede hacer mi marido el favor de hacerme el amor?

Podrían planear la boda y hablar sobre la decisión de Karly de dejar su trabajo más tarde. En aquellos momentos, su hermosa esposa le estaba pidiendo que le hiciera el amor, y no pensaba consentir que tuviera que pedírselo dos veces.

–Te amo, Karly Ewing Hartwell. Eres la dueña de mi alma y de mi corazón.

–Yo también te amo a ti, Blake. Más de lo que nunca podrás imaginar.

Epílogo

Dos semanas más tarde, Karly estaba de pie frente al espejo del dormitorio que había utilizado desde su llegada al rancho, esperando que Tori terminara de abrocharle los pequeños botones que jalonaban la espalda del largo vestido de raso blanco.

–¿Ha llegado ya Eli con el carruaje? –le preguntó ella mientras se ajustaba el escote palabra de honor.

–Acaba de llegar –respondió Tori. Terminó de abrocharle los botones y fue a buscar el velo, que habían colocado anteriormente sobre la cama–. Gracias a Dios que Blake ha asfaltado los caminos en estas dos semanas. No me gustaría ver que tu hermoso vestido se llena de polvo.

Karly asintió.

–Resulta increíble lo rápidamente que los hombres de la empresa de construcción han terminado de asfaltar todos los caminos desde aquí hasta la carretera principal.

–No se tarda tanto –comentó Tori mientras le sujetaba el velo al recogido que Karly se había hecho en el cabello. Entonces, dio un paso atrás y sonrió–. Vas a dejar a Blake sin respiración cuando te vea.

–De eso se trata –replicó Karly, sonriendo a su mejor amiga antes de mirarse en el espejo.

Cuando Blake y ella regresaron al rancho, Karly se

había puesto manos a la obra con todos los preparativos de la boda. Tori le había recomendado que contratara a alguien que la ayudara. La mujer que ella le recomendó parecía hacer milagros. Cuando Karly le explicó lo que quería y el tiempo con el que contaban, lo único que tuvo que hacer fue elegir el vestido perfecto. Por suerte, encontró lo que quería en la primera tienda a la que Tori y ella fueron. Cuando se lo terminaron de arreglar, Karly ya no tuvo mucho más que hacer.

Eli llamó a la puerta y les indicó que había llegado el momento de ir a la casa grande para la ceremonia en la que Blake y Karly iban a renovar sus votos. Cuando Tori abrió la puerta, Eli sonrió.

–Estáis las dos muy guapas –dijo mientras besaba a su esposa–. Blake y yo somos los hombres más afortunados de este lado del mapa.

–No lo olvides nunca –le recordó Tori besándole también en la mejilla. Entonces, se volvió a Karly–. ¿Estás lista?

–Más que lista –afirmó Karly tomando el ramo.

Bajaron la escalera para dirigirse al carruaje tirado por caballos blancos que los llevaría a los tres a la casa principal, en la que se iba a celebrar la ceremonia. Karly no podía dejar de sonreír. Se sentía como Cenicienta, sabiendo que su príncipe azul la estaría esperando para ayudarla a bajar del carruaje. Pensarlo la hacía sentirse muy impaciente. No había visto a Blake desde primera hora, cuando Tori llegó para acompañarla al salón de belleza en Eagle Fork, y lo echaba mucho de menos.

Cuando Eli condujo el carruaje hacia la casa grande, ella sintió que se le hacía un nudo en la garganta al ver a Blake esperándola junto al sendero que conducía al patio. Estaba vestido con un esmoquin de estilo vaquero, botas negras de piel de serpiente y un sombrero negro de ala muy ancha. Ciertamente era el hombre de sus sueños.

–Estás preciosa –le dijo al oído mientras la ayudaba a descender del carruaje.

–Tú tampoco estás mal, vaquero –susurró ella. Se puso de puntillas para darle un beso en la mejilla.

–¿Estás lista para convertirte en la señora Hartwell? –le preguntó, Le ofreció el brazo y los dos juntos comenzaron a caminar en dirección a la cascada, donde el pastor y Sean los estaban esperando.

–Ya soy la señora Hartwell –susurró ella.

–Sí, pero esta vez es para siempre, cielo.

Karly miró el cielo del atardecer y vio que el sol estaba empezando a desaparecer entre los picos de las altas montañas. Había llegado el momento de que empezara la ceremonia.

–Nunca antes había estado tan preparada en toda mi vida –afirmó ella mientras los dos se abrían paso entre los cien invitados que se habían reunido en el patio.

Cuando se marchó el último de los invitados, Blake tomó a Karly entre sus brazos y la besó hasta cortarle la respiración.

–Tengo una sorpresa para ti.

Le tomó la mano y la llevó al otro lado de la piscina. Se detuvo junto a la chimenea exterior, donde había colocado una pequeña cantidad de ramitas. Vio que Karly lo miraba como si hubiera perdido completamente el juicio.

–¿Hablas en serio? ¿De verdad quieres hacer fuego aquí ahora?

–Confía en mí –respondió Blake–. Sé que te gustará.

–Yo estaba deseando subir al dormitorio para darte mi propia sorpresa…

–Te prometo que no tardaremos mucho.

Blake hizo prender las llamas y, cuando el fuego comenzó a restallar, se metió la mano en el bolsillo y sacó un sobre.

–Había pensado que nos podíamos librar juntos de estos papeles.

Karly comprendió inmediatamente a lo que él se refería y sonrió.

–Los papeles del divorcio. Me había olvidado de ellos.

–Yo no –replicó él mientras los sacaba del sobre. Se los entregó a Karly y, tal y como habían hecho al cortar la tarta de bodas, Blake le cubrió la mano con la suya y, juntos, arrojaron los papeles al fuego.

Mientras observaban cómo se retorcían entre las llamas y se convertían en ceniza, Blake la estrechó entre sus brazos.

–Ahora que nos hemos ocupado de este asunto, ¿cuál es el regalo que tienes para mí?

Ella sonrió.

–Para el regalo en sí tendrás que esperar hasta el verano, pero te lo puedo contar ahora.

–Te escucho…

–Va a ser muy pequeño y, en ocasiones, hará mucho ruido –explicó ella con una sonrisa–. Probablemente, no vamos a dormir mucho por su causa.

Blake no tenía ni idea de a qué se refería Karly, pero la escuchaba muy atentamente.

–Bueno, pues no sé… ¿Me podrías decir qué es?

–Aún no lo sé –prosiguió ella–, pero, en cuanto lo descubramos, vamos a empezar a decorar la habitación que hay al otro lado de la nuestra en rosa o en azul.

–Estás embarazada.

–No. Estamos embarazados –dijo ella riendo–. ¡Nos hemos metido en esto juntos y vamos salir de ello también juntos!

De repente, a Blake le resultó imposible dejar de sonreír. Estaba seguro de que parecía un idiota, pero no le importaba lo más mínimo. Iban a tener un hijo.

La tomó entre sus brazos y la besó hasta que los dos se quedaron sin aliento.

–Ocurrió la mañana que lo hicimos en Seattle, cuando solucionamos todos los problemas. Fue la única vez que se nos olvidó tomar precauciones.

–Te amo, Karly Hartwell… –susurró Blake a pesar del nudo que le atenazaba la garganta.

Cuando volvió a tomarla entre sus brazos y, justo antes de echar a andar hacia la casa, ella le enmarcó el rostro entre las manos.

–Yo también te amo, Blake. Ahora, te ruego que me lleves arriba para que pueda demostrarte cuánto.

Bianca

¡Decidió que solo podía legitimar a su vástago con una alianza de oro para ella!

Nikolai Cunningham había mantenido su secreto familiar durante diecisiete años. Cuando la fotógrafa Emma Sanders apareció con el propósito de hacer un reportaje sobre su hogar de la infancia, él regresó a Rusia para asegurarse de que no destapara sus intimidades. Aunque Emma pretendía hacer bien su trabajo, la atracción que sentía hacia Nikolai era demasiado poderosa. Pero, convencido de que ella solo había querido utilizarlo, el magnate ruso la abandonó, sin saber que estaba embarazada.

EL SECRETO DE LA NOCHE RUSA

RACHAEL THOMAS

Bianca

Por fin, él podía exigirle la noche de bodas que tanto tiempo llevaba esperando

El matrimonio de Addie Farrell y el magnate Malachi King había durado exactamente un día, el tiempo que Addie había tardado en descubrir que su amor por ella era un farsa. Cinco años después, cuando los fondos para su centro benéfico infantil estaban a punto de serle retirados, Addie tuvo que volver a enfrentarse a su esposo y a la química, peligrosamente seductora, que había entre ellos.

Humillado y frustrado tras la repentina partida de Addie cinco años antes, Malachi aprovechó la ocasión para tomar las riendas de la situación. El trato sería que le daría a Addie el dinero que tan urgentemente necesitaba si ella volvía a su lado.

HARLEQUIN _Bianca_

NOCHE DE BODAS RECLAMADA
LOUISE FULLER

NOCHE DE BODAS RECLAMADA

LOUISE FULLER

Deseo

Senderos de pasión
Sarah M. Anderson

A Phillip Beaumont le gustaban las bebidas fuertes y las mujeres fáciles. Entonces ¿por qué no dejaba de flirtear con Jo Spears, la domadora de su nuevo caballo? Al principio solo había sido un juego hasta que al asomarse a los ojos color avellana de Jo había deseado más.

Phillip era tan salvaje y cabezota como Sun, el semental al que Jo debía adiestrar. Y Jo, sin pretenderlo, había empezado a pasar día y noche con aquel sexy cowboy. Tal vez, Sun no fuera el único macho del rancho de los Beaumont que mereciera la pena.

HARLEQUIN

Senderos de pasión

Sarah M. Anderson

¿Cómo resistirse a la sonrisa de aquel cowboy que tanto placer prometía?

5